Master Photographer's Practical Skill

人像摄影摆姿指南
——数码和胶片摄影师通用

U0107936

[美]比尔·赫特尔/编著 郝一匡/译 沙景河/审 湖南美术出版社

The Portrait Photographer's Guide to Posing

目 录

导言
不断变化的
摆姿

正如希腊神话中的那喀索斯瞥见自己在水池中的倒影时，惊异地发现自己是一个美少年一样，当一个人接受一幅漂亮的肖像作品，看到与他或者她自己逼真的、已经被理想化了的无双之作时，也会有同样的感觉。虽然肖像创作是一门捕捉形似的古老艺术，但是它早已超出了形似的范畴，包含了人物那些肉眼看不到却能通过感情感受到的特征。肖像所表现的特质，如力量、诚实、弱点、个性等，都可以通过构成这门艺术形式的元素如照明、构图，尤其是摆姿来实现。

几个世纪以来，杰出的肖像作品强烈地感染着每一位观众。人们喜爱这种伟大肖像作品的原因，不是由于其真实性——如鼻子的长度或形状，或者额头的宽度，而是由于它们能够激发人们的想象力。澳大利亚获奖摄影师大卫·安东尼·威廉姆斯，在看到19世纪法国艺术家古斯塔夫·库尔图瓦所作的一幅迷人的肖像画（画中是一位在金质背景前，身穿中国式睡衣的漂亮女子）时明确地说："她在勾引我。我能够想象出她的笑声，她的激情。她

◀ 飘逸的长发、偏离中心的构图——这幅肖像的每种元素都那么引人注目。大卫·安东尼·威廉姆斯为自己18岁的侄女拍摄了这幅肖像，他形容这位少女是"一个恬静、清纯的美人儿"。他把这幅肖像命名为"我心飞翔"。拍摄使用的是富士FinePix S2相机，适马EX APO 70～200毫米 f/2.8镜头，只用了一盏摄影室闪光灯。

▲ 这是他第一次拍摄正式肖像吗？可能是。崭新的詹·卡·佩尼（美国著名衬衫连锁店——译者注）衬衫——刚刚打开包装，对自己还不熟悉的礼服的关注，满脸的兴奋，刻意摆出的男子汉的姿态——弗兰克·A·弗罗斯特拍摄的这张有代表性的肖像说明了正式肖像对家庭和个人都具有的特殊力量和重要性。

► "金塞阿尼拉"是初涉演艺界的女孩子常取的一个西班牙名字，其字面意是"即将15岁的姑娘"。摄影大师罗伯特·利诺在迈阿密专职为处在这一花季年龄段的女孩拍照。摆姿肯定是要正式和"保守的"，以示对昔日高贵摆姿传统的尊敬。

是谁？她的思想、她的态度、她的口味是怎样的呢？她过的是怎样的生活？她活了多久？我想到了许多这样的问题……接着，与欣赏其他经过时间洗礼的优秀肖像时一样，我好像能听到她的衣服在窸窣作响，闻到她的香水散发的气味——一个早已离世的灵魂与我轻轻地擦肩而过，一去不返。"

天才的肖像摄影师能够创作出不朽的人物肖像，为一代代的人们所喜爱。唐·布莱尔

是一位传奇式的肖像摄影师，他形容自己的肖像创作技巧就是自己人格的延伸。"在我看来，"他说，"每个人都很美。我的工作就是把那种美揭示出来，并且捕捉到它。"他接着说，"这种追求……是终身的痴迷——我每个工作日都行走在这个无止境的旅程上，我希望它永远不要有尽头！"在布莱尔精心制作的肖像中，人们看到的是一个个恰如其分地凝固下来的近乎完美的瞬间，人物的美和

特征被深情地揭示出来。

大卫·安东尼·威廉姆斯将这一观念又向前推进了一步。"我最近在用纪录片的风格拍摄儿童，并看到了肖像摄影的力量和持久性。我认识到自己拍摄儿童肖像不仅仅是为了孩子的父母，也是为长大成人后的孩子（他或她）创作肖像。当他们回头翻这些照片，看到曾经的形象时，他们便会寻找他们父母年轻时的照片。肖像作品的魅力和价值就在这里。"

在最基本层面上，肖像是一种回忆的手段。它本身就是一种记忆，而且是一种强有力的记忆。"这是多萝茜妹妹7岁时的样子——几乎半个世纪以后她还在咧着嘴傻笑呢！"人像的这种功能，从世俗的眼光来看，其重要性并不低于把它定义为心理轮廓、历史画面等流行的说法。

在肖像摄影的早期，摆姿是必不可少的要素。由于拍摄胶片速度极慢，镜头也同样缓慢，而且缺少人造的光源，曝光的时间特别长。头部靠垫起到"固定器"的作用，使摄影师能够在很长的曝光时间里（往往需要几分钟）记录下他们的拍摄对象——他们在这段时间里必须一动不动。唐·布莱尔指出，这种摆姿僵硬、不自然，表情从痛苦到狰狞都有。

随着摄影技术的大幅度改进，所有这些都改变了。技术的进步使摄影师能够自由、自然地创作，并能在人像中记录自发动作。但同时几个世纪以来发展起来的几乎是刻板的摆姿模式也随之失去了。摄影师展现人物形体的方式让位给了对自然的热爱——不用摆姿、光线柔和的照片往往缺乏能够激发观众想象的细腻技巧。

当代的摄影大师们并未完全忽视以前的摆姿规则，而是选择将他们融合进一种不拘泥的、更加自由的模式里。也就是说，他们没有丢失对基础摆姿的理解，而是不那么教条地对那些规则加以阐释。

▲ 肖像一直具有超越文字的表达能力，并使之成为艺术品。大卫·安东尼·威廉姆斯拍摄的这张《节食者—苏联—1943》就是这样。肖像表现的是第二次世界大战时与苏军战斗失败后的一个曾经不可一世的德国纳粹士兵。他的衣着说明他活得"相当艰难"，手中的东西表明他只剩下了能够维持生存的必需品。

◄ 在许多情况下，当代最好的人像摄影师同时也是当代最好的婚礼摄影师。叶尔万特·扎纳扎尼安在此创造了一个永恒的婚礼摆姿：他的作品中只保留了新娘的手和笑靥。新娘的美通过她手腕的曲线和握着香水瓶的手指表现出来，创造了一个优雅、难忘的形象。

▲ 提姆·凯利是澳大利亚受到高度评价最多的肖像摄影师之一。他拍摄的摆姿确实难忘。在这里，一个可爱的婴儿趴在母亲的肩头，提姆给他们的拥抱取名为《值得期待》。

◄ 乔治·卡拉伊安尼斯的构图技巧与其摄影作品同样著名。这张题为《泰米》的迷人肖像作品是追求完美的对称之作，甚至连她的眼睛都完全相同。图中唯一不对称的地方是姑娘的鼻环。正式摆姿的理想形式一般是追求视觉上的不对称感，这里反其道而行之，效果也同样明显。乔治在 Photoshop 里使用了减淡工具，加亮了人物的眼睛，弱化了她略带瑕疵的皮肤，这就造就了一张光滑如画的面孔。乔治又给画面中人物的眼睛加进一点铁青色，使之"显得有点凶"。

　　全球知名的肖像摄影师提姆·凯利是一位对摆姿的复杂性了解得十分透彻的人，但他却为优秀肖像确定了一个不同的标准。为了揭示人物的个性和情绪，他不惜无情地打破各种规则。他寻求的是那种短暂瞬间，这种瞬间在你第一眼看的时候，人物处于"摆姿做了一半却能露出真我的时刻"。凯利一般不告诉客户他要开始拍照了。他说："我不相信拍摄对象做出来的自发摆姿。每次拍摄都是独一无二的，不可再现。"凯利称自己的风格是"捕捉到的瞬间"，这种风格与婚礼摄影者的观点区别不是很大，因为对婚礼摄影者来说，自发性和现场情感比正式婚礼肖像中摆出来的典雅完美的姿态更重要。凯利对自己创作的肖像作品的要求不止于相像。

他说："一件艺术性肖像必须能控制人的注意力，是一种艺术宣言，或者能够激起观赏者的情感反应。"他还说："优秀的艺术性肖像不受时间限制。它远远超越了对人物，即被拍摄者的功利性利用。"

澳大利亚著名婚礼肖像摄影师马丁·谢姆布里把《蒙娜·丽莎》作为他肖像摄影作品的基准，认为"它在单一表情中抓住了人物的精神本质"。

► 这可不是《悲惨世界》里的剧照，而是马科斯·贝尔为一个真人拍的真实肖像。下面是马科斯本人所述关于这张《爱尔兰人》照片的故事："这是我永难忘记的一幅肖像。我和妻子去巴林斯克林斯附近的爱尔兰东部底层考察。我们驾车在一条土路上行驶了几英里，来到了一位艺术家所在的村子。它非常偏远——而且荒凉。我们经过一座农舍时，一个男人跳出来，挥手示意我们停车。我们把车停在路边，他就开始说话。我们基本听不懂他在说什么（他的口音太重）。他真是一个极怪的人。最后，我们好不容易才听懂他是想把他的狗送给我们，让我们照顾它——他养不起它了，正在找愿意收养它的人。这是件十分悲惨的事，可是我们知道自己也不能收养这只狗，因为我们正在旅途上。在一番长时间的谈话后，我们终于离开，沿着路继续前行。我刚把车开出50米，脑子里忽然闪过一个念头——我怎么没有要求给他拍张照片呢？我不知道自己为什么没有早点想起这事，我想是因为他的故事太动人了。我停下车，抓起相机，一边往回跑，一边问可不可以给他拍张照。他很犹豫，可是就在我们对话时，我已经摁了几次快门；他开始放松，然后慢慢忘记了照相机，渐渐恢复了常态。这时，我注意到他的眼里噙着泪水，于是就拍成了这张《爱尔兰人》。我觉得自己做得有些过分，不应该给人家拍照。我对他说：'对不起，我不该这么做。'他转过身来对我说，'不关相机的事，主要是还从来没有人愿意花时间听我说话呢。'我是头一个停下来，倾听，并且表示出关心的人。那时我还是个青年，刚刚开始和我最好的朋友，即我的妻子一同出门旅行。因为是在旅途中，6个星期以后我才把胶卷洗出来。我拿到相片时，一眼就看出它跟以往所有照片都不同。从那天起，我知道自己的摄影生涯开始了。"

虽然谢姆布里的肖像作品可以用经典手法制作，也可以用随意的风格制作，但他要求自己所有肖像作品的摆姿都必须（让观赏者觉得）舒适和自然，决不能显得做作。在谈到让每幅肖像都成为独特之作时，他忠告说："要确保你拍摄的每幅肖像都像你拍摄过的不同个人一样独特，不要认为这种练习有什么专门性规则。"

优秀的肖像摄影术常被看做用来叙述人类生存条件的手段，而肖像人物则是进行更高层次交流的媒介。即使在最基础的层面上，肖像也是一种灵活的叙事方式——无论是在一个女学生满怀期望的凝视中看到有着无限可能的未来，还是在身着戎装的士兵身上表现出的坚忍勇气。肖像摄影作品能够唤起观赏者的想象力去探究和发现其中更深的理解和意义。

从不讳言自己是天才肖像艺术家的大卫·安东尼·威廉姆斯在谈论肖像艺术时同样直白，他最近对伟大的肖像摄影作品之所以伟大做了一番总结。他说："摄影表现的是生命。图像有生命力吗？"生命力是肖像作品无法抵挡的效果，它能让"受影响的人"从中得到更多影响。在伟大的肖像作品中，我们能不断发现让我们感觉活泼和伟大的东西，无论对个人来说还是对集体来说；我们还能不断发现使我们成为人和使我们脆弱的东西，以及使我们笑、使我们哭和使我们感觉相互联系的因素。

伟大的肖像摄影作品具有古典的优雅，它建立在一套可

▲ 马丁·谢姆布里在一张数码肖像画板中，同时表现了这个漂亮小女孩个性的多个侧面。

◄ 安东尼·卡瓦创作了这张表现一个加拿大政府高层公务员的有力肖像。安东尼受命拍摄此人的肖像。"在他下一个约会之前，我只有10分钟的时间。我给他拍完肖像，他走向窗户，我又连续拍了6张，这是其中最好的一张。"这张照片是用 Nikon D1X 相机拍摄的，使用自然光，闪光灯作为辅光。

▲ 迪安娜·乌尔斯创作的这张肖像作品表现了一对母女在印度山柳菊草地上互相依偎，运用了引人注目的摆姿。迪安娜创作这个摆姿是为了显示母女的亲密关系。时间是在薄暮；视点取自一架10英尺（3.05米）高的活梯上。她用的是一个28～70毫米 f/2.8镜头，大光圈（在活梯上适合的高度，景深变成平面，就没有必要用小光圈了）。衣着依据她们的丰腴程度和肤色而选择。迪安娜认为，人们对不同质地衣料反光性能的知识越多，作为一名摄影师就越合适。这幅照片里的光线是傍晚时的光，当然了，为了拍摄这幅照片，她把紫红色的沙发也搬来了。这张照片的题目是《我的母亲，我的女儿。》。

以追溯到史前洞穴绘画——最早的描绘性肖像画的摆姿、照明和构图系统。最伟大的肖像作品给人一种设计上的朴素感，并且很整洁，这源自世世代代人们对这门艺术的完善。无论是现代还是18世纪的肖像作品，其最吸引人的方面是，上述因素可以一应俱全，也可以完全没有。在捕捉人类精神的做法上，它可以循规蹈矩，也可以形式一新。但是，使肖像摄影作品几个世纪以来如此引人注目的是，我们一直在重新界定我们对自己的看法。肖像永远是一门有重大意义的当代艺术形式。我们像那喀索斯一样，永远不会厌烦欣赏自己在水中那没有穷尽的倒影。

我要感谢所有帮助我准备这本书的了不起的摄影师们。他们当中的一些人，如比尔·麦金托什、唐·布莱尔、蒙特·苏克等，从事肖像摄影工作已经近60年了。其他如大卫·安东尼·威廉姆斯和马丁·谢姆布里，虽说还是相对年轻的小伙子，也千方百计地为此书的编写做出了重大贡献，使之颇具米开朗基罗和达·芬奇的风格。

摄影师简介

克里斯·贝克——通常只用他的姓贝克，是一个性格随和、人见人爱的婚礼摄影师。他在加利福尼亚州 Mission Viejo 经营着一个非常成功的摄影工作室。他是 WPPI 中非常有分量的人物，在国际洗印竞赛中表现得相当出色。

大卫·贝克斯泰德——在亚利桑那州的一个小镇居住了20多年。借助因特网论坛、数码相机、学术论坛、WPPI 和 Pictage 照片打印机以及自己的艺术背景，他对摄影的热情在国内外的婚礼摄影界都享有相当声誉。他称自己的婚礼摄影风格为"艺术新闻摄影"。

弗拉基米尔·贝克尔——在加拿大多伦多开办了协和摄影工作室。他擅长拍摄婚礼和环境肖像。贝克尔是一个来自乌克兰的移民，从小就学习摄影。他毕业于利沃夫多工艺大学，获建筑学硕士学位。因此他拍的许多婚礼肖像作品中包括许多建筑细节。他的摄影工作室每年拍摄的婚礼超过100场。他的冲印作品和影集获得的国际大奖数不胜数。

马科斯·贝尔——马科斯·贝尔的摄影作品有很多引人注目的因素。他独创的视角、流畅的自然风格和敏锐的观察力使他成为澳大利亚最受尊敬的摄影师之一。正是由于他的天才，以及他能让人在镜头前轻松自如的天赋，令他的客户如潮。他内容丰富的作品充分展示了他的多才多艺。他的作品发表在澳大利亚及海外的很多杂志上，包括《黑白》、《摄影》、《新娘摄影》以及无数其他新娘杂志。

大卫·班特利——大卫·班特利在密苏里州的 Frontenac 拥有并经营着班特利摄影有限公司。由于早年学过工程学，他在自己的摄影工作中采用了系统性和创造性的方法。30年的工作经验和获奖无数都说明了他的系统性是成功的。

克雷·布莱克莫尔——来自马里兰州洛克威尔的获奖摄影师。他是 PPA（美国专业摄影家协会）和 WPPI 所尊敬和承认的摄影师，经常出席协会在全国的巡回授课。他从给蒙特·苏克当助手时就开始了他的事业。

唐·布莱尔——最近50年来，唐·布莱尔的名字一直是优秀人像摄影、摄影技艺和对摄影界有特殊贡献的代名词。布莱尔是位摄影大师，他还是一名天才的、富有同情心的教育家——被尊为摄影教育界的领路人——他一直慷慨地与全美国及无数其他国家的摄影师分享他的知识。在专业摄影界，如 PPA、WPPI、美国摄影家协会等，他是最受尊敬的人像摄影师之一，很多人亲切地称其为"老爹"，这并非偶然得来的。布莱尔是《光线的观察：人像摄影艺术》（Amherst Media，

2004）一书的作者。

乔·比伊辛克——来自加利福尼亚州贝弗里·希尔，是一位国际公认的婚礼摄影师。几乎所有的准新娘只要拿起任何一本婚礼杂志，都会看到他的摄影作品。他为很多名流拍过婚礼照片，如詹尼弗·洛佩兹2004年的婚礼，还获得过 WPPI 冲印比赛的大奖。乔定期向国内外的听众授课。

班比·坎特雷尔——来自旧金山湾，是最受人欢迎的一位摄影师。她以创造性的摄影记者风格著称，是最近畅销的《婚礼摄影艺术》（Amphoto，2002）的作者之一。无论是全国摄影代表大会还是专业学校，班比都是广受欢迎的发言人。

拉里·卡普德维尔（摄影学硕士）——1973年开始从事专业摄影，得奖无数，包括富士精品奖。有几件作品还入选 PPA 租借展品。他还被提名为10年来佛罗里达州十大摄影师之一。他是 PPA 和 WPPI 会员，得到这两个组织的承认。

安东尼·卡瓦（文学硕士，摄影艺术大师）——出生于加拿大安大略省渥太华，安东尼·卡瓦与他的兄弟弗兰克共同拥有并经营 Photolux 照相馆。该照相馆最初是他们的父母30年前创建的婚礼和人像照相馆。安东尼于10年前加入了 WPPI 和加

拿大职业摄影师协会。他在31岁时就成了加拿大最年轻的摄影艺术大师（MPA）。他第一次参赛就在WPPI上获得了大奖。

米歇尔·赛林塔诺——米歇尔·赛林塔诺1991年毕业于杰曼摄影学校。毕业后头4年里，她在别人的照相馆当助手，同时拍摄婚礼照片。1995年，她开始创业，专门拍摄婚礼照片。1997年，她获得了PPA的证书。米歇尔最近去了亚利桑那州的阿玛海姆，在那里，她的事业蒸蒸日上。

迈克·科隆——来自圣迭戈地区的著名婚礼摄影记者。科隆的作品表现了他对人民的热爱和对生命的赞美。他自然、有趣的拍摄方法使其拍摄对象感觉放松并回归自我，流露出他们真实的个性与感情。他拍摄的肖像将拍摄对象的内在美、愉悦、生命力和爱永远凝固在时间中。他为全国的听众讲解过婚礼摄影艺术。

杰瑞·D——杰瑞·D在加州Upland拥有并成功地经营着一家名叫"醉人的回忆"的人像与婚礼照相馆。杰瑞从事过多种职业，从职业美容师到黑带级武术教练。WPPI给了杰瑞很高的荣誉。加入该组织之后，他获得了国内多项奖项。

斯蒂芬·但泽（心理学博士）——斯蒂芬·但泽博士在洛杉矶以北拥有并经营着一个小型商业照相馆。他的工作范围从商业时装摄影，到创作和室内布景以及高级官员的肖像。他还著有《时装和魅力摄影的用光技巧》（Amherst Media, 2005）一书。

特里·迪格洛——特里·迪格洛从事职业人像摄影已经40多年了。他曾在柯达公司担任业务关系部经理，目前在宾夕法尼亚州匹兹堡经营自己的生意。特里毕业于罗切斯特技术学院，获得了摄影学学位，还在匹兹堡大学获得了营销学学位。特里在全美国和世界各地作过大量的演讲。

弗齐·丁克尔（摄影学硕士，Cr.，CPP）——威斯康星州威斯特·本得的弗齐·丁克尔和雪莉·丁克尔经营着一家生意红火的肖像摄影工作室，主要对象是老年人。弗齐在全国和威斯康星州受到PPA高度评价，曾经9次获得威斯康星州PPA年度最佳摄影师称号、最佳表现奖和摄影师精品奖等奖项。弗齐有12幅作品入选全国收藏作品巡回展，有2幅作品入选迪斯尼未来社会试验典型中心，1幅入选德国摄影馆，1幅入选国际摄影名人堂和俄克拉何马州博物馆。弗齐擅长的老年肖像，由于主要在拍摄对象家中和周围环境里拍摄，因此照片的变化性无穷无尽。

威廉·L·邓肯（摄影学硕士，摄影大师）——邓肯是WPPI的创始人之一，有很高的摄影造诣。他在各种摄影组织的洗印竞赛中连续获奖，他以独特的人像闻名全国。他是"光线语言艺术"研讨会的讲师之一。

黛博拉·林恩·费罗——1996年起成为职业摄影师，曾是一名水彩画家，且师从世界各地的摄影大师，其中包括迈克尔·泰勒、海伦·杨希、博比·莱恩、蒙特·苏克以及提姆·凯利。她不仅是一位优秀的摄影师，还是造诣颇深的数码艺术家。她与丈夫瑞克·费罗合作出版了《利用Adobe Photoshop制作婚礼照片》（Amherst Media, 2003）一书。

弗兰克·A·弗罗斯特（PPA认证，摄影学硕士，Cr.，APM, AOPA, AEPA, AHPA）——在新墨西哥州的阿尔伯克基创作他的经典肖像摄影已有18年之久。由于相信"成功在于细节"，弗兰克的摄影既追求艺术性，也追求商业效果，并且取得令人瞩目的成就。从业以来，获得WPPI和PPA的奖项无数。他的摄影能力源于他对摆姿、构图和照明具有的天赋。

詹尼弗·乔治·沃尔克——詹尼弗·乔治·沃尔克在加利福尼亚的圣迭哥戴尔·马尔小区的自己家里开办了照相馆。这个富裕的社区距离海滩很近，有很多漂亮的外景地，常常顾客盈门。她获得过加利福尼亚年度摄影师奖，在2001年加利福尼亚专业摄影师大会上获得民众精选奖。2003年詹尼弗获得了一等大奖。你可以在www.jwalkerphotography.com网站上欣赏到她更多的摄影作品。

杰瑞·基恩尼斯——XSiGHT摄影与影像公司的杰瑞·基恩尼斯于1994年开始他的职业摄影生涯，并很快成为澳大利亚一流的摄影师。他多才多艺，摄影涉及婚礼、人像、时装、团体像等等。他的努力得到摄影界认可，于1999年在维多利亚获得了AIPP（澳大利亚职业摄影协会）的最佳新人奖。2002年获得AIPP年度维多利亚婚礼相册奖。2003年获得WPPI的相册比赛大奖。

安·汉密尔顿——职业生涯开始于在东海岸一家报社担任撰写生活文章的记者。现在，作为一名婚礼摄影师，她把对摄影的爱好和新闻记者的敏锐以及她的艺术天分结合在了一起。她拍摄的影像捕捉婚礼的真实过程——从新娘悄悄穿上婚纱，到一对新人接吻直到最后跳舞，以及两人之间的那种喜悦之情。她的作品曾在《婚礼钟声》和《纽带》杂志上作过介绍。在WPPI举行的国际冲印大赛上，她两次获得大奖。她和她的丈夫奥斯丁与他们的宠物哈巴狗博吉住在加州的旧金山。

伊丽莎白·霍曼——在她丈夫特雷、父母潘尼与斯特林的协助下，伊丽莎白·霍曼开办着他们的"艺术摄影"工作室。他们于1996年开办了这家有乡村风格的摄影工作室。伊丽莎白获得了得克萨斯州克里斯蒂安大学的农学学士学位，于1998年成为得克萨斯州最年轻的摄影大师。她还保持着10项富士公司杰作奖，6次获得西南地区最佳婚礼相册奖，其中2次获得满分100分。

乔治·卡拉伊安尼斯——罕见的摄影奇才，对社论摄影、时装摄影、广告摄影、商业摄影以及肖像摄影等领域都很擅长——并且非常成功。他一直是Ilford国际肖像摄影集团的摄影指导。他以构图严谨的能力著称。他挚爱自己的工作，对任何拍摄任务都有超常的热情。他追求卓越的精神获得公认，最近被澳大利亚摄影家协会提名为年度最佳社论摄影师，被AIPP提名为维多利亚最佳肖像摄影师。他还获得过WPPI的奖励。

提姆·凯利——提姆·凯利获得过几乎所有摄影方面的奖项（包括PPA借出展品奖、柯达摄影工作室奖、摄影工作室精英奖和Epcot奖），获得过2个学位（摄影学硕士、摄影技艺硕士）。凯利作为柯达专业团队的一名老成员，自1988年以来，他一直得到他们的赞助。2001年，凯利成为美国摄影家协会的成员，并被提名为美国杰出的相机艺术家。佛罗里达州玛丽湖的北奥兰多郊区的照相室和画廊是他的创作环境。

布赖恩·金——俄亥俄州Cubberly照相室的布赖恩·金从小学就开始获奖。他1994年毕业于俄亥俄摄影学院。毕业后他径直回到俄亥俄的Cubberly照相室工作，现在仍在那儿工作。拥有专业摄影师执照和摄影学硕士学位的他成了国际高级摄影师和美国摄影协会PPO-PPA的一名成员。

凯文·库伯塔——为解决他日益被压抑的创造力，于1990年成立了"库伯塔照相与设计工作室"。该工作室既拍摄婚礼、肖像，也拍摄商业照片。在90年代末，"库伯塔照相与设计工作室"是纯数码婚礼摄影的先驱之一。凯文总结自己的经验，给其他摄影师授课，培训他们怎样成功地从胶片摄影向数字化摄影转型。

罗伯特·利诺（摄影学硕士，持有Cr.，PPA证书）——佛罗里达州迈阿密的罗伯特·利诺专门从事优美人像和社会事件的拍摄。他的风格正式而优雅，他抓拍感觉和情绪的

能力在他的每一幅照片中都很明显。在全国摄影竞赛中，他受到了摄影界高度的赏识，他经常出席摄影界的研讨会交流摄影经验。

丽塔·洛伊——丽塔·洛伊和丈夫道格在南卡罗来纳州斯巴达堡共同拥有一家名为"人像形象设计"的摄影室。丽塔17次获得柯达画廊优秀摄影奖，8次获得富士杰作奖，8次被评为南卡罗来纳州年度摄影师。她在国内和州内获得的奖项简直难以计数。丽塔还是柯达公司令人尊敬的专业团队的成员。

塔米·洛亚——来自纽约巴尔斯顿·斯帕，是专门拍摄儿童肖像的获奖摄影家。在她最早获得的WPPI杰出奖大赛中，她获得过"儿童组"的前2名。她所有的参赛作品都获得了提名。她的工作间由一个谷仓改造而成，戏称为"监狱石头戏院"，顾客就在那里预先看到他们的照片。

威廉·S·麦金托什（摄影学硕士）——麦金托什为官员和他们的家人在全美国拍照，并经常为了特别任务去英格兰拍摄。他在世界各地作演讲。他的畅销书《定位人像摄影：艺术背后的故事》（自费出版）在全国书店和其他地方销售。他最近出版的书《经典人像摄影：一个摄影大师的拍摄技巧和人像》于2004年由Amherst Media出版。

梅库里·梅格劳迪斯——是一位获过奖的澳大利亚摄影师。在澳大利亚维多利亚的斯特拉斯摩尔有自己的梅格劳迪斯摄影工作室。1999年AIPP授给他摄影硕士学位，他在澳大利亚各地获得许多奖项，最近开始参加美国的摄影大赛并获奖。

丹尼斯·欧查德——丹尼斯·欧查德是来自英国的获奖摄影师。在WPPI会议上，他有发言权，并在WPPI组织的大会上和照片大赛中获奖。他还是英国人像和婚礼摄影协会的成员。

拉里·彼德斯——美国最成功的少

年与老年摄影师，多次获奖。他在俄亥俄州成功地经营着3家摄影工作室，还有两部著作：《老年肖像摄影》（Studio，1987）、《当代摄影》（Marathon，1995）。他的网站www.petersphotography.com提供了很多关于老年摄影的信息。

诺曼·菲利普斯——诺曼·菲利普斯获得过WPPI的杰出摄影成就奖（AOPA）。他是英国杰出摄影大师协会的注册摄影大师，也是婚礼和人像摄影师协会的成员，以及芝加哥职业摄影师协会的技术顾问。他的作品经常在刊物上发表。在全国各种摄影研讨会和其他会议上，他常以裁判和贵宾的身份出现。菲利普斯的著作有：《高调人像摄影的用光技巧》、《低调人像摄影的用光技巧》、《婚礼与人像摄影师手册》（均由Amherst Media出版）。

乔·弗图——乔·弗图在中学就获得了牌照。这个来自加利福尼亚圣胡安卡皮斯特拉诺的乔是位获奖婚礼摄影记者。在WPPI的照片竞赛中获得过很多次第一名，他婚礼摄影的独特风格反映了当今时装和新娘杂志的趋势。这些人像比精心摆姿拍摄的要自然得多。

斯蒂芬·皮尤——来自英国的婚礼摄影师，在WPPI和英国摄影家协会都是颇有竞争力的成员，在国际摄影大赛中多次获得大奖。

弗兰·瑞斯那——弗兰·瑞斯那是来自得克萨斯州弗里斯科的获奖摄影师。她是布鲁克斯学院的毕业生，并两次被评为达拉斯年度摄影师。她曾任达拉斯职业摄影协会会长。她经营一个虽小但非常成功的人像和婚礼公司，这是从她自己设计和建造的照相室发展而来的。她获得过无数国家、州、地区级摄影奖项。

马丁·谢姆布里（摄影学硕士，AIPP）——20年来他的作品在自己的祖国澳大利亚一直获奖。他取得了AIPP的摄影双硕士学位。他是得到国际公认的婚礼、肖像和商业摄

影师，并在世界各地的研讨会上讲授他创造性摄影的独特风格。

肯尼思·斯柯鲁特——16岁在纽约州的长岛开始从事婚礼摄影以来，肯尼思很快就达到了平均每年拍摄150场婚礼的水平。他1984年买了一个照相室，不久之后他获得了PPA的硕士学位。1996年他搬家到亚利桑那州，他的事业在那里蒸蒸日上。肯尼思很受赏识：他14次被提名为当年的长岛婚礼摄影师、PPPA年度摄影师、APPA年度婚礼摄影师。他还获得过无数次富士杰作奖和柯达画廊奖。

杰夫·史密斯——来自加利福尼亚州的弗雷斯诺，是获奖的老年摄影师。他在加利福尼亚中部经营着自己的两个摄影工作室。他在用光与老年摄影上很有发言权。其著作包括：《肖像摄影的纠正性用光与摆姿》（Amherst Media，2001）、《老年摄影》（自费出版）、《户外和场地肖像摄影》（Amherst Media，2002）、《肖像摄影的成功》（Amherst Media，2003）和《专业数码肖像摄影》（Amherst Media，2003）。读者可以去他的网站访问他：www.jeffsmithphoto.com。

迈克尔·泰勒——在加利福尼亚的帕萨登纳有自己的"泰勒精美肖像"摄影工作室。他受到PPA高度评价，实际上也是PPA的董事会成员。他极力主张深入社区活动，20年来已经成为"青年联盟"的一名积极分子，该组织的活动得到了帕萨登纳富裕社区的承认。

布鲁克和阿丽莎·托德——两人是来自加州旧金山附近阿普托斯的年轻摄影师。他们以自己精美的婚礼新闻摄影品牌知名。阿丽莎和布鲁克以"一种激情，两种视角"的理念一起拍摄婚礼肖像。两人都是PPA和WPPA会员，并在WPPA的比赛中获奖。

迪安娜·乌尔斯——与丈夫、孩子一起住在科罗拉多州的帕克。她把对相机的喜爱和激情倾注于肖像摄影中，使得全国和全世界都效仿。迪安娜使用自然光，注意选择拍摄对象面部的微妙表情，认为这样拍摄的肖像才是有灵魂的，才能被视为艺术。她把这看做自己的传家宝。她在顾客的生活环境里拍照，并加进个人特色。她的个人网站是：www.deannaursphotography.com。

大卫·安东尼·威廉姆斯（摄影学硕士，FRPS）——大卫·安东尼·威廉姆斯在澳大利亚维多利亚的阿什伯顿拥有并经营一个婚礼照相室。1992年，他获得了英国皇家摄影协会会员和研究员的殊荣。通过每年一次的澳大利亚职业摄影奖系统，威廉姆斯达到了金条摄影学硕士——相当于两个硕士学位。2000年，他获得了WPPI的杰出摄影成就荣誉奖。1997年和2000年，他两次在WPPI年会上获得最高奖。

詹姆斯·C·威廉姆斯——和妻子卡西在俄亥俄州的沃伦拥有并经营着自己的威廉姆斯摄影工作室。詹姆斯得到了PPA和俄亥俄州专业摄影协会的认证。2001年，威廉姆斯进入俄亥俄州专业摄影协会，只有受到邀请才能进入该协会。目前他正在为大师与摄影硕士学位努力。

叶尔凡特·扎纳扎尼安（摄影学硕士 AIPP，F.AIPP）——出生于埃塞俄比亚，后在意大利威尼斯成长和学习。25年前定居澳大利亚，在墨尔本的摄影研究院就学。他对摄影和暗室的热情在很小的时候就受到父亲的鼓励，当时他放学后和放假期间就在父亲的摄影室帮忙。他父亲是埃塞俄比亚皇帝海尔·塞拉西的私人摄影师。叶尔凡特在澳大利亚拥有最著名的摄影工作室，为国内外的顾客服务。他获得的奖项多得数不胜数，在过去的4年里他就获得了3次国家最佳摄影师称号。

蒙特·苏克——蒙特·苏克在摆姿、用光和拍摄永恒人像方面做得尽善尽美，他成了世界名人。他获得过每个摄影组织能够给予的主要荣誉，包括WPPI的终身成就奖。他和加里·贝斯特恩合作，为把众多摄影师培养成高水平的大师，在www.Zuga.net网站提供专门知识。

第一章

摆姿基本规则

摆姿的基本规则是几个世纪以来逐步创立的，为把人的三维形态通过二维介质优美地再现出来提供一种手段。当然，尽管高光和阴影是表现人像的重要方式，但是人体在相机前和在长方形或正方形画框内的摆姿也同样重要。

任何时候讨论拍摄对象的摆姿，都要记住两个最重要的要素：摆姿要显得自然（即拍摄对象的姿态不要让人一看就是摆出来的）以及人的相貌不变形。如果摆姿自然，相貌再现正常，透视适中，那么你的主要目标就实现了，所拍的肖像从美学角度来说，就可以取悦摄影师和拍摄对象。当然，伟大的肖像作品绝不只是充分的摆姿，但是舍此两大要素，即使有再多的艺术要素也不会被人欣赏，甚至不会引起别人的注意。

尽管并非每幅肖像都要遵循每一条摆姿规则，但这些规则确实为了某个目的的存在着。简言之，它们是为取得前面提及的目的，即自然地、美化地、不变形地表现人的形态提供了一个参考。

打破规则

"规则是用来打破的"这句话在多数情况下让人精神振奋，优秀的肖像作者知道哪些规则可以被打破而不会使人的形态扭曲。例如，什么样的摄影师才不会喜爱广角镜头的视角和效果呢？前景以全景方式在面前展开，地平线低垂，天空在图像的四角自然地虚化。当然，在肖像摄影中使用广角镜头会造成很多问题。例如，如果拍摄对象不在画面的正中央，那么他的头或脚就会变形。如果用来拍摄头肩特写肖像，鼻子就会像导弹一样指向镜头，而眼睛和前额则会很不雅观地陷下去。

◀ 弗齐·丁克尔擅长拍摄少年和老年肖像。照片中的少女身体与相机的角度大约是45度；头转回来看着相机，与相机的角度略小。头朝离相机近的肩膀倾斜，是一个典型的女性摆姿。这张照片用的是窗户光和一个弗齐自制的反光板拍摄的。

可是，在经验丰富的专业摄影师手里，广角镜头可以变成具有迷人效果的肖像镜头，既能表现拍摄对象的个性，又能揭示出他们与周围环境的亲密关系。

基本规则

头肩像　好肖像的第一个规则是，拍摄对象的双肩与相机应该有一个角度。双肩正面朝向相机的照片看起来比正常情况要宽厚。尽管在时装界经常使用这个摆姿（模特儿身体很瘦而且身体比例非同一般地好），但你很少看到"正常人"这样拍照。

不管拍摄对象取坐姿还是站姿，还有另一条与肩线有关的规则：一个肩膀应当明显地高于另一个肩膀。也就是说，双肩的连线与地面不要平行。

从脚部开始　从实用的角度来说，为了使肩膀在取站姿的肖像中有一个正确的摆姿，你的拍摄应当从拍摄对象的脚部开始。这条基本规则是，双脚不要并拢，其中一只脚必须在前。这就使两个肩膀朝着相机方向稍稍转了一个角度。重心应该放在后面那条腿上——这样前面腿的膝盖会稍弯曲，后侧的肩膀就会略低于前面的肩膀。

在取坐姿的肖像中，如果拍摄对象对着镜头有一个角度，只要让其腰部以上的身体前倾一点，双肩就能拍成斜线。

按照上述方法摆姿，就能在构图中创造出首要、基本的动感线条，因为这样在拍摄对象身上产生的这条线是倾斜的，而不是垂直或者水平的线。

头部倾斜　由于肩膀朝着相机有一个角度，头部自然就要转动或者倾斜一些，其角度一般与肩膀的角度不同，这样眼睛的连线也就会倾斜。如果面部不倾斜一下，双眼连线就是直线而且与照片的底线平行，画面会显得太过对称与静态。把脸向左或向右倾斜，隐含的线条就变成斜线，摆姿有了动感，看起来就有趣多了。

无论是拍特写、半身照还是全身照，这些摆姿原则仍然在起作用。对于大多数摆姿建议来说，要记住的是，只有当头部的倾斜轻微不夸张时，拍

▼　为儿童和苗条的女性拍照用不着让身体与相机成一定角度。拍摄对象不是足够苗条，就是娇小可人，所以在相机前拍不成大块头。这是马丁·谢姆布里拍摄的一张时装肖像。为了制作这张极为简洁的抽象派艺术肖像，他使用了单光源和Photoshop效果。

► 右上图：丽塔·洛伊就爱给儿童拍照——在这张照片里你可以看到小家伙还站不稳呢。所以丽塔就给了她一把小点的白椅子扶着，踩着柔软厚实的地面（后头是绘有图画的背景）。丽塔安排这些道具是为了让小婴儿摆出一个迎着柔和的光、便于拍摄的姿势。

► 右下图：乔·弗图利用自然光拍摄了这张新娘肖像。注意，她靠在栏杆上时，两个胳膊肘形成了一个三角基——它永远都是一张肖像牢固的基础。

到的表情才更自然。

对于男人来说，头部常常向肩膀低的一侧倾斜（远离相机镜头的一侧），头部和身体转向同一方向——光源的方向，身体与相机成45度角。在男性的坐姿肖像中，身体要朝相机前倾，这被认为是一种积极的摆姿。

对于女人来说，头部常常向肩膀高的一边倾斜（靠近相机镜头的一侧），身体从腰以上向前倾，而面部又稍稍朝相反的方向倾斜。例如，当她向左肩的方向看时，整个身体就朝右倾斜。在女性的摆姿里，身体往往背朝来光的方向，而面部则转向光源。

尽管这些摆姿规则有点老套，但跟其他老套的东西一样，它自有其存在的道理。男人头部的倾斜给人以力量感——这是一种传统的男性特征；女人的摆姿中，头部向近处的肩膀倾斜，会制造一种神秘与柔弱的感觉——这是女人的鲜明特色。拍摄对象的头部向近处的还是远处的肩膀倾斜，在肖像摄影师中仍是一个颇有争议的问题。尽管由于个人差异以及照明情况，决定了一个人应该拍成强壮还是柔弱，一些"规则"也常常被忽视，但这些策略还是要提出来，由您自己来决定是否采用。

身体与相机的角度　跟面部平面一样，身体平面也要转动使之与相机形成一个角度，这样会产生更具动感的效果，增强各种曲线和身体平面的美感。唯一的例外是当你想强调拍摄对象的块头时，如运动员；或者当人物很娇小或很瘦时，如小孩子和模特儿，你不用让他转身。职业模特儿的一个基本要求是瘦，这样在必要时可以对她进行正面拍摄，而不会显得比平时胖。

转离主光　将身体转离主光有助于最大限度地突出身体的轮廓，突出服装的细节，如新娘婚纱上的串珠等。如果你让拍摄对象的身体平面正对主光，你就有可能把人体形态和布料质地的一些重要细节"洗掉"或者"变得很呆板"。

仪态　好的仪态对有效表现身体平面非常关键。你必须注意拍摄对象是否懒散，随时准备

纠正其姿势，可以指导，也可以将一只手放在拍摄对象的腰背部，这样他的脊柱就会自然伸直和拉长。

两臂与三角基　三角形在所有的摄影中都是令人最愉悦和最有动感的形状。因为三角形是

三条线组成的，任意两条都是斜线，它在肖像中会产生提供方向和视觉运动的效果。创造三角形和在摆姿中利用自然的三角形，是良好构图的一个基本技巧。

　　为了给构图创造一个三角

► 这张正面照在肖像照中一般并不多见，可在时装界却经常出现。蒙特·苏克拍摄这张肖像用的是直接正面视角，大散射光加一个反光板，让柔和的光照亮整个面部。在这种情况下，面部轮廓是由化妆而不是照明勾画的。你可以在她的两个眼睛里看见漫射的主光光源和置于镜头上下的反光板。蒙特利用两只手形成一个面部框架，让人一看就想起一朵花的形象。

形基础，人的两臂不能垂在身体的两侧，而应该向外突出，显出微微的斜线来。可以要求拍摄对象的两臂离开身体，肘部弯曲。在坐姿肖像中，拍摄对象通常会把双手握在一起放在靠近腰部的地方，这样就露出一点肘部了。

在站姿肖像中，你可以让男人把两手插在裤兜里，这也产生一个三角基；女人则可以一只或者两只手按着臀部。在他们的上肢和身体之间应该也有一个空间。在构图中，这个三角基可以把观赏者的目光向上吸引到拍摄对象的面部。

取得三角基的另一个做法是用摆姿桌，离镜头远的那个胳膊肘可以放到桌上，这样形成的双肩斜线和三角基是良好构图的关键。摆姿桌通常是黑色的，在最后洗出的肖像照中几乎看不出来。实际上，摆姿桌常常被冲洗掉了。关于构图中的三角形，第四章将进一步详述。

要点：头的摆姿

头部与身体的相对位置与身体的位置同样重要。如前所述，头与肩膀的角度不应相同；肩膀与相机之间也应该有一个角度。这样就能在肖像中创造出一系列动感线条，界定出一种摆姿的基本种类——男性摆姿还是女性摆姿。在这两种摆姿中，面部的方向与身体之间大概形成45度角，双肩连线为斜线，不能与地面平行。头部偏向其中一个肩膀。

八分之七视图　在肖像中，头部有三种基本摆姿。八分之七视图是指人的目光稍稍偏离相机的状态。你从取景器里可以看到，面部一侧比另一侧稍多，但仍可以看见离镜头较远的那只耳朵。

四分之三视图　在四分之三视图中，离相机远的那只耳朵从相机里看不到，能看到面部的一半比另一半要多。在这种摆姿里，一只眼睛由于离相机远，就会显得比较小。因此在给坐姿对象进行四分之三视图摆姿时，让他或她把较小的那只眼睛（人的眼睛总是一个略大于另一个）离相机近些就显

▲　左上图：四分之三面部视图是最常见的头部摆姿摄影，因为从这个角度摄影师可以表现脸部的所有曲线。黛博拉·林恩·费罗用柔和的环绕光仔细地照亮她的拍摄对象，拍出这张漂亮的面部肖像。面部的阴影部分（离相机最近的地方）显出柔和的层次，层次反过来又表现了面部的圆润和造型。注意，手的摆姿很雅致，在构图中略微弯曲地平放着。

▲　右上图：弗齐·丁克尔用四分之三面部视图拍摄了这张迷人的肖像。这个视图接近侧面像，摄影师在拍摄时保证这个摆姿能清楚地看见两个眼睛。注意，本图的景深非常浅，它将女孩与柔和的绿色前景和背景区分开来。

▶ 右上图：这张美丽的肖像是弗齐·丁克尔拍摄的。它不完全是侧面像，因为从相机里还可以看到另一只眼睛。这是个混合型摆姿。从构图上讲，他让拍摄对象偏离画面的中心，用纱帘勾画出她肩膀的线条。他用 Photoshop 柔化了背景，增强了整个画面的亮度，使之成为一张高调的肖像。注意：向下的目光有助于显出她的整个眼睛，产生了一种沉思与敏感的表情。

▶ 右下图：这张侧面肖像是表现人的面部最优雅的摆姿之一，当它与优雅的光线配合使用时，尤其如此。蒙特·苏克在本图中就是这样做的。栏杆的自然线条是一条明显的斜线，帮助女孩的目光朝上看，这是个非常好看的摆姿。通常在拍侧面像时，拍摄对象的头会转到她远端的睫毛看不见为止。可是在这张照片里，女孩的睫毛很长，如果你仔细看还会看见。蒙特为了用高光表现女孩丰润皮肤的细节，从上面和后面各使用了一盏主光掠过。在相机旁边不远处，用一个反光板作辅光，用柔和光线照亮女孩脸上有阴影的一侧。

得很重要。这样在最后的照片中，两个眼睛看上去就一样大了。关于这一话题，第四章将进一步叙述。

三分之二视图 许多摄影师都不承认上述面部视图的区别。而是认为如果摆姿不是侧面或正面像，那它就应该是三分之二面部视图。三分之二视图可能是最常用的面部视图了，几乎是拍摄面部的通用角度。这种视图和四分之三视图一样，可看到两个完整的面颊，最能够表现面部的丰满、大小和表情。当拍摄对象的头部转动大过八分之七视图但不到侧面视图时，

就是三分之二视图。不管是叫它三分之二还是四分之三视图，重要的是面部较远一侧的那只眼睛还能看到，并能看到较远一侧太阳穴附近的皮肤。

侧面视图 在侧面视图中，头转离相机的角度几乎是 90 度，所以只能看见一只眼睛。在为拍摄对象拍摄侧面像时，让他

或她慢慢转动头部，到离相机远的那只眼睛和眉毛从相机里刚好看不到为止。

在有些情况下，特别是给女士拍照时，在拍摄对象的侧面图中你仍能看见离相机远的那只眼睛的睫毛。不要让她继续转头直到看不见睫毛，而是在修版时再处理。

▲　左上图：伊丽莎白·霍曼拍的这幅肖像名为《金色微风》，获得过一项大奖，在一次国际冲印大赛中得到了满分。这张照片摆姿优美，贯穿于构图中的线条优雅。新娘向下低垂的目光与图中线条的流向一致，而她的表情更是宝贵。

▲　右上图：这张漂亮的全身照是比尔·邓肯的作品。比尔事先告诉这对新人，他们如能做点简单的攀岩动作，就能拍出最美的肖像。新人的姿态优美——他们互相依偎，新娘的礼服拖曳着，形成一个三角形，成为构图的焦点。新郎把右手插在口袋里，但是却将大拇指别在口袋的外面，使手不至于完全隐藏在黑色的礼服里。

▶　右下图：蒙特·苏克拍摄了这幅全身正式婚礼像。注意本图的全部基本摆姿步骤：新娘身体与相机成45度角；头向后转，向靠近相机的肩膀微微倾斜；双肘弯曲，捧着的鲜花放在腰部以下，这样便形成了一个完整的三角基。她的右手向里弯曲拢住鲜花，身体重心放在后面那只脚上，前脚向前伸出增强婚纱的线条。

要点：身体的摆姿

你在肖像照里包括的身体部分越多，你碰到的问题也越多。当你拍一张四分之三身长或者全身照时，你得考虑胳膊、腿、脚、手的摆姿和整个身体的协调性，不用说，还有最重要的拍摄对象的表情。

四分之三身长肖像 四分之三身长肖像显示的是从头到腰以下的部位——通常是露一半小腿或一半大腿。在构图中绝对不能从关节处（如肘、膝、踝关节）"断开"（放在照片边缘），因为这样会给观赏者造成不快的心理冲击。

全身像 全身像从头到脚表现拍摄对象，通常带有相当多的背景或周围环境。全身像可以拍站姿也可以拍坐姿，但是一定要记住，拍出拍摄对象身上的斜线，并创造一个三角基。如前所述，应该避免拍摄主体的正面照，因为这样会增加拍摄对象的厚重感，并把摆姿产生动感线条的可能性降到了最低。动感线条——斜线、三角形和其他的不对称形状可以在肖像或群像中引起视觉兴趣，这应该是任何摆姿都着意追求的一个方面。

为了使全身像显得更好看，身体与相机的角度应当在30～45度之间。重心永远都放在后面那只脚上，不能两只脚平摊体重，重心放在前脚上更糟。如果取站姿，前腿的膝盖要稍微弯曲，这样有助于打破伸直腿产生的静态感觉。如果拍摄对象身着裙装，前膝弯曲也有助于使裙装产生更漂亮的线条。后腿可以保持伸直，因为它毕竟不像前腿那样引人注目。

要点：脚的摆姿

让脚指向的方向与相机成一定角度。如果说手正对着镜头让人感觉不快，这一点对脚来说就更重要了。正面拍摄脚时，脚看起来又短又粗，而让脚与相机成个角度会自动使身体斜对相机。这就是为什么许多肖像和婚礼摄影师说摆姿要从脚开始。

要点：手的摆姿

与嘴和眼睛一样，手往往很能表现人的个性。摆好手在肖像中的姿态比较困难，因为它们比头离相机更近，所以会显得比实际情况要大。有一个办法可以使手的透视更自然，就是使用较长的镜头拍摄。虽然用长焦距镜头同时为两手和面部对焦更困难些，但它们之间的大小比例会显得更自然。即使双手稍微有点模糊，也比把眼睛或面部拍模糊了强。

有一条基本的规则，就是

► 图中新娘身体后仰，背呈弓形，手捏婚纱向外伸，手腕稍稍上翘。在这种摆姿里，新娘的目光多是向下，看着其中一只胳膊。在本图中，她脸朝相机方向，头斜向近处的肩膀。摄影：比尔·邓肯。

绝对不要让拍摄对象的手指向相机镜头拍摄，因为这必然会使手变形。手应该和镜头有一个角度。另一条基本规则是，只要有可能，尽量拍摄手的外侧边缘。这样会使手的线条自然流畅，并能消除从上面或者从正面拍摄时产生的变形。

手腕的关节处可以产生"弯曲"。你应该始终拍摄弯曲的手腕——就是稍稍抬高手腕，让手腕和手连接处产生一条柔和的曲线。还有，你应该一直试着拍摄稍稍分开的五指。这样可以拍出手指的形状和轮廓。当五指全都拢在一起的时候，整个手就成了平面的一团。

平展的手没有魅力，向平展的掌心收拢的手指看起来像爪子。一定要拍摄对象伸开手指，这样手会显得修长、优雅，并让手的外侧对着相机。要向拍摄对象保证，对他们来说似乎或感觉不自然的事从相机的角度看却非常自然。

男人手与女人手的摆姿 一条很重要的通用规则是，女人的手要优雅，男人的手要有力。

在拍摄男人一只握拢的手时，建议给他一个像笔帽那样的东西让他握着。这样会使那只手看起来圆润，有立体感，而不像一个握紧的拳头。让被拍摄的男人在胸前交叉双臂也是一个有力量的好姿势。不过要记住，让男人把手轻轻转一下，这样手的外缘就会比手的上面更突出。在这样的摆姿中，应该让他轻轻抓住自己的肱二头肌，但不要抓得太紧，不然看起来就像他很冷，正在试图保持体温一样。还要记住，要让他把交叉的两臂稍微离开身体，这样会使他的手臂显得瘦一些，否则胳膊紧靠身体会显得太平坦、太粗大，五指要稍微分开些。

► 这张拉比的照片真正的重点不是他的脸，而是他的双手。右手有力，轮廓分明，紧握希伯来文《圣经》——你能感觉到他的信心。左手准备翻书，小心翼翼地捏着圣书一角。乔治·卡拉伊安尼斯只留下了图中最重要的元素而省略了其他，用以表达他对此人的感受。

▲ 左上图：你只能看见拍摄对象右手的外侧，但却是整个构图三角基的一部分。手很放松，衬衫袖口成为色调的分界线。注意，这只手并没有挤压头部一侧。摄影：蒙特·苏克。

▲ 左下图：手的优雅姿势以及小女孩微斜的头，使伊丽莎白·霍曼拍摄的这张肖像十分特别。经过 Painter 处理，肖像有了一种水彩画的效果。

► 右图：杰夫·史密斯让拍摄对象把一只手放在臀部。注意手臂流畅的线条，肘部向外弯曲，所以可以看见腰线。这个摆姿真正出色之处在于手的线条——腕部的弯曲、手的边缘及手指处理得很雅致。

拍摄站立的女人，让她的一只手放在臀部，另一只手搁在身体的一侧，是标准的好摆姿。不要让那只闲着的手在身边晃，而是让她把手弯起来，让手的外缘朝着相机。任何时候都要让手腕弯起来，以产生一条更有动感的线条。

要点：坐姿

现在有那种摆姿用板凳或条凳，可以让拍摄对象在摆出挺直的姿态的同时又感觉很舒服。在户外拍摄，你必须找一个地方，例如一棵大树下或篱笆旁的草坪，这样在拍摄过程中会使拍摄对象感到舒适。

坐着的拍摄对象，特别是女士，应当坐在椅子或凳子的前端，而椅子或凳子应当与相机有一个角度。一旦坐下，她的重心就应该向前移，坐在座位的边缘比坐在当中优雅许多。这样的仪态更好看——脊背挺直，身体重量挪到大腿上，拍摄的大腿常常比它们实际要瘦些。重心应该挪到离相机较远的那条腿上，这样腿变细了。身体应该挺直，上半身微向前倾。

▲ 提姆·凯利是擅长为所有年龄段的人拍摄肖像的专家。这张坐着的小女孩的漂亮肖像有几大亮点：两腿互相交叉，典雅漂亮，使她看起来比实际年龄要大；双手有点孩子气，又有点成熟，透露着她的青春之美；她漂亮挺直的仪态和踮起的脚尖使她看起来简直就是一个女芭蕾舞演员。

得太紧。他不能坐在外套的下摆上，而应该把衣服从前面拉起来。服装，特别是正装，应当看着舒适、合体，坐着的时候不要拉起来或抻着。夹克的袖口要拉下来让人看到。

拍摄坐姿的一个好建议：让你的拍摄对象摆姿时要自然，找一个让他感到舒服的摆姿。如果你的拍摄对象显得自然、放松，那么他们选的这个姿势对他们来说不仅自然，而且很典型。蒙特·苏克是享有盛名的肖像摄影师，但他却不认同这一观点。他认为，拍摄对象看上去舒适和放松，但摆出这个摆姿对他们来说可能并不舒适。他深信可以拍到拍摄对象的最佳摆姿，所以他说服他们做出的摆姿才是看上去最好的摆姿——即使他们并不觉得最舒适。

在拍摄坐姿时，两腿交叉的姿势比较好看。让上面的腿与相机有一个角度，不要直接对着镜头。给女性拍摄坐姿，一个特别好的主意是让她把前腿（离相机较近的那条腿）的小腿藏在后腿的后面。这样可以减小两条小腿的形状，因为后腿离相机较远，却成为视觉上最重要的部分。只要有可能，要在腿和椅子之间保留一点间隔，这样会使大小腿都显得苗条。这是女性会自然采用的一个摆姿。

当拍摄男士坐姿时，通常有必要检查一下他的着装。如果他穿的是夹克衫或西服外套，必须要解开扣子，以免显

第二章

面 部

面部分析

有经验的肖像摄影师应当具备稍加审视就能对人的面部加以分析的能力。在单调的光线下，从正面开始，逐渐向右移动，从一个角度审视面部的一侧，然后向左重复这个过程。在做这些的时候，你可以和顾客交谈，尽量不让他或她意识到你在这样做。你的分析主要包括以下内容：

1. 拍摄的最佳角度。通常是八分之七视图或者四分之三视图，而不是正面或者侧面像。

2. 眼睛大小的不同。大部分人的眼睛不一样大。然而通过把较小的眼睛安排在靠近镜头的地方，我们可以让它们看起来一样大。由于自然透视的作用，靠近镜头的那只眼睛看起来比实际情况要大。

3. 当你走来走去并转到拍摄对象侧面时，你会注意到脸型和面部特征的变化。注意观察颧骨在不同的角度其突

出程度是不同的。无论男女，高颧骨或者明显的颧骨看起来都好看。

4. 寻找需要改变的面部特征：从某一个角度看，方下巴的线条会显得柔和些；从不同的角度看，圆脸会变成椭圆形并显得更好看；从正面看，瘦脸看上去会显得更宽、更健康，如此等等。

5. 仔细审视面部的各个部分，再决定拍摄时的最佳角度。然后通过与拍摄对象交谈，确定哪个表情最适于这个角度：微笑、半笑、不笑，头向上扬还是向下低，等等。

眼睛

眼睛是人脸上最有表达力的部分。如果拍摄对象不耐烦了，或者不舒服了，你都能从他们的眼睛里看出来。拍摄对象的眼睛有活力非常关键。给面部打灯光时，一定要让虹膜和瞳孔清晰可见，切不可让摆

姿像"汽车前灯照小鹿"那样。这一点只有在相机位置上才能判断出来。眼睛越清晰，在肖像中的表现力就越强。通常情况下，拍摄对象的头倾斜程度稍微变一点，能看到的眼睛部分就越多。这点也应该在拍摄位置上判断出来。

积极生动 让拍摄对象的眼睛保持积极生动的最好办法就是跟此人交谈。在准备拍摄过程中，要看着拍摄对象，找一个共同话题聊天。人人都喜欢谈论自己，这样你就可以问他或者她喜欢什么、不喜欢什么、业余爱好、家庭、宠物等等。如果拍摄对象在谈话时不看着你，他或她可能不舒服或者害羞。无论哪种情况，你都必须努力让你的拍摄对象放松，鼓励他或她信任你。用各种话题跟拍摄对象交谈，直到找到他或她最感兴趣的一个为止，然后抓住不放谈下去。当你抓住拍摄对象的兴趣后，你就能把他的注意

这张肖像中的眼睛和嘴是值得学习的样本。布赖恩·金相信，给虹膜底下留一点空白，会强调眼睛的颜色。他用Photoshop消除了眼睛里的血丝——每个人眼里都有——为了显得真实，还留下一点。嘴透露着愉快但并没有笑。因为眼睛和嘴造型完美，成为摄影师着重表现的面部特征。

这张"超大头像"是叶尔凡特·扎纳扎尼安所拍，重点表现新娘美丽的眼睛。构图的重点不在中心，纱巾的线条在画面里形成一条明显的斜线。前面的自然光照亮了她的眼睛，看上去在闪闪发光。小长焦镜头和浅景深确保重点在她的眼睛上。

力从拍摄这件事上引开。

让拍摄对象的眼睛保持活力的最好办法是给他们讲有趣的故事。如果他们喜欢这故事，他们的眼睛就会笑。这是人类最可爱的表情。

目光的方向　近来经常被忽视的一条摆姿原则是，为了拍到最优雅的容貌，拍摄对象的目光应当与鼻子的线条方向一致。为了给构图加上一条动感线条，摄影师们常常忽略这一规则，一个正当的理由是，宁要不对称也不要对称。

然而，拍摄对象目视的方向很重要。肖像拍摄开始时，让拍摄对象看着你。在三脚架上把相机固定好，你手持快门线或无线遥控器，你就成了主人，让你吸引住拍摄对象的注意力。在拍摄对象直视相机的镜头时先拍几张不失为一个好办法，但是大多数人喜欢有一些变化。直视镜头的时间过长会让人感到厌倦，因为在看着一台机器时没有人与人之间的交流。很多摄影师不愿意偏离取景器太远，这样他们可以在曝光之前从取景器里看一看拍摄对象。

▲　弗兰·瑞斯那拍摄的这张可爱的肖像作品表现了女孩在享受妈妈爱抚时的美。孩子的双手横放，形成一个水平基，可是她的眼睛才是这张肖像的重点所在。弗兰在拍摄对象的左边用了柔和的主光，在右边放了一个反光板。效果是在眼睛里形成两点反光，使观赏者忍不住要仔细看这两只眼睛。

蒙特·苏克有一条关于眼睛的忠告："当拍摄对象的眼睛看着镜头的时候，你要注意一下它们是不是完全睁开了。很多次我在构图时让拍摄对象看着镜头上方，但是在拍出的肖像中他们好像是在直视镜头。你分辨拍摄对象应该朝哪里看的唯一办法就是你，你本人，透过镜头看他们。"

虹膜与瞳孔　虹膜是眼睛里有颜色的部分，一般紧挨眼睑。

换句话说，在眼睑与虹膜底部或顶部之间不应有较大的白色空隙。如果露出了这种空隙，就让他或她的目光向上或者向下看。

瞳孔的大小也十分重要。如果在明亮的光线下拍摄，瞳孔就会变小，拍出来就成了"目光锐利"的样子。要纠正这种情况，就在拍摄前让他们把眼睛闭一会儿。这样可以让瞳孔恢复到正常大小，然后再曝光。

如果是在光线很弱的情况下拍摄，有可能发生相反的效果。瞳孔显得过大，使拍摄对象看起来很茫然。在这种情况下，让拍摄对象盯着附近被光照得较亮的物体看一会儿，让瞳孔缩小一点。

眨眼和眯眼　有的人有神经性习惯，总是不住地眨眼睛。更糟的是，他们常常很在意自己的处境。要用音乐、轻松的聊天和幽默，尽量让这样的拍摄对象放松。然后再算好时间，在他们眨眼之后给他们曝光。

人们笑的时候经常眯眼睛。一笑准得眯眼睛，这是不由自主的。一个有效的解决办法是，根本就不拍摄笑容，或者只拍半笑的，而不是笑着的摆姿。

眼镜　有些人不戴眼镜就觉得不正常。能最大限度降低肖像中眼镜问题的有效办法就是，为你的拍摄对象准备一副眼镜架。

然而，假如你弄不到眼镜架，你就只能为拍摄对象拍一张老式照片了。如果拍摄对象戴眼镜，主光应该与他的头部同高（或者略高一点）并偏向一边。这样从相机看，就看不见镜片的反光了。这样产生一个分割式即45度角的照明模式。此时应该用散射光，这样镜框就不会在眼睛上照出影子把眼睛遮黑。辅光在调节时要横向移离相机，直到辅光的反光完全消失。如果不能完全除去辅助光的反光，就要试着让辅光通过天花板反射下来。

为了消除反光，你还可以让拍摄对象把眼镜向下拉，架在鼻梁上。这样可以改变入射角度，减少不必要的反射光。还有一个办法，让你的拍摄对象转向主光，把眼镜微微向前倾

一些，这常常会最大限度地减少眼镜的反光。

如果拍摄对象的眼镜片非常厚，拍出来的眼睛常常会比脸的其他部分都要暗。这是因为眼镜片的厚度削弱了传送给眼睛的光的强度。如果出现了这种情况，在拍摄期间没有任何办法，但是在洗印时可以对眼镜进行减淡处理（或在Photoshop中减淡），使之与脸的其他部分亮度相同。

如果你的拍摄对象戴的是"变色镜"或者其他可自动调节的眼镜，在你做好拍摄准备之前，让他或她先把眼镜装在口袋里。这样可以避免镜片在摄影灯的照射下过早变黑。当然，一旦被光照到，它们就会变黑，所以你要劝说拍摄对象

▶　在这张米歇尔·赛林塔诺拍摄的新娘肖像中，新娘的手、眼睛、嘴的摆姿都很漂亮。她的头稍稍偏向近处的肩膀，是一个经典的女性摆姿。她的嘴很放松，有点儿翘，但没有笑。目光没有直视相机，而是越过相机，这样就显得她在沉思。新娘戴的戒指很显眼，这是使用这个摆姿的一个理由。

▲ 弗齐·丁克尔拍摄这张美丽肖像用的拍摄角度较低，所以虽然她朝下看，但你仍能看见她的眼睛。她的鼻梁被柔和的高光照亮，显现出优雅的形状。鼻子两侧形成阴影，却更加突出了其形状。所用的完全是自然光，只在右侧使用了一道方向性很强的辅助光，帮助表现面部的圆润。

在拍肖像时还是最好不要戴这样的眼镜。

眼睛大小不一的问题 大部分人都是一只眼睛稍大一只眼睛稍小，这可能是你在为拍摄对象拍照时应当首先注意的问题。如果你想让两只眼睛在肖像中看上去一样大，给拍摄对象拍八分之七或者四分之三的视图，而且让他取坐姿，并让小一些的眼睛离相机近些。因为离相机远的物体显得小，近的物体显得大，这样就会使得两只眼睛看上去一样大了。

嘴

一般来说，拍摄多种肖像是个好主意，有笑的，有严肃的（或者至少不笑的）。人们常常非常在意自己的嘴和牙齿，可是当你见到拍摄对象露出一个很诱人的笑容时，可以一次拍个够。

自然的笑容 想要拍摄到自然的笑容，最好的办法就是夸奖你的拍摄对象，告诉他们看起来有多棒。要非常肯定。如果你仅仅叫他们"笑一笑"，你拍出来的会是一张毫无生气的"说

茄子"肖像。真诚地建立信心和由衷的赞美，会使拍摄对象露出自然而真诚的笑，眼睛也会参与笑容并充满活力。

湿润的嘴唇 让拍摄对象定期滋润嘴唇很有必要。这样会使嘴唇在最终完成的肖像里闪闪发亮，因为湿润的嘴唇会产生微小的高亮区。

紧张 拍摄对象取坐姿时，嘴的表现力简直可以和眼睛相媲美。密切注意拍摄对象的嘴，一定不要让嘴周围的肌肉紧张，因为那样会使肖像看起来摆姿

不自然。同样，放松的气氛最能消除紧张，所以要与拍摄对象交谈，把他或她的注意力转移开。

两唇间的缝隙 有些人在放松的时候，两唇之间自然地露出一道缝隙。他们的嘴巴不是闭着，也不是张着，而是介于二者之间。如果你注意到了这一点，可以用友好、善意的方式告诉他们。如果他们忘了，你可以礼貌地说："请把嘴闭一下。"在看到一个休息的人有这一问题时，并不让人觉得有什么不安。而当这一问题拍摄进肖像里的时候，看到两唇之间露出的牙齿就不那么好看了。

笑纹 脸部偶尔发生问题的区域是前额以及脸颊的大部分区域，也就是在人笑时脸上起皱纹的区域。有的人有明显的皱纹或者笑纹，在拍摄他们笑的肖像时，这些皱纹深得很不自然。你应当注意脸上的这个区域。如有必要，可以增强辅光的亮度以避免在这个区域产生深影，或者，你可以把主光摆得更靠前。如果皱纹很深，就应避免拍摄"大笑"型的摆姿。

鼻子

鼻子的形状和大小在肖像中是可以修正的——如果摄影师知道需要修哪里。显然不能做的是在侧面照中拍出一个过长或过大的鼻子。不过，如果从下方拍摄，长鼻子可以变短；反之，用高角度拍摄，可以把短鼻子拍长。

拍摄鹰钩鼻子应该采用四分之三视图摆姿，这样从相机

► 布赖恩将他的相机放在与他的拍摄对象的眼睛一样高的位置，让他下巴放低，眼睛略微向上看着相机——这是一个不常见的摆姿，突出了这位年轻男子的眼睛之美。其效果是传达一种自信，甚至有一点神秘。

的位置就看不到弯钩了。拍摄不规则形状的鼻子有一个技巧，就是使用能够压缩透视线的远摄镜头，并让拍摄对象的鼻子正对相机。由于压缩了透视线，拍出来的鼻子就不显得那么突出了。

下巴的高度

你应当知道面部表情的心理学价值，比如下巴的高度。如果一个人的下巴过高，他或她看起来很高傲；如果下巴低垂，他看起来有些害怕或缺乏信心。除了心理学的意义，如果下巴抬得太高，会显得脖子抻直、加长了；反之，如果下巴放得太低，此人就会看起来有两个下巴，或者没有脖子。也许你想到了，解决的办法就是让下巴处于中间高度。认识到下巴过高或者过低对拍摄效果的影响，你就会找到合适的中间位置。如有怀疑，可以问一下拍摄对象，那个摆姿是否觉得自然，这通常是看上去自然的摆姿的一个指标。

发型和化妆

毫无疑问，合适的发型和化妆能为肖像作品增添光彩。对女人来说首饰同样是重要的部分。专业发型和化妆是优美肖像的关键，但是发型师必须熟悉如何更上镜。例如化妆，稍加修饰即可，因为摄影过程会提高场景的反差。眼部化妆必须有过渡，色彩之间的界线不要太分明。

蒙特·苏克偏爱比较保守的做法。他说："化妆应当几乎让人觉察不出来。我一般建议女人的脸部应当敷以粉底霜。

从下巴到颈部之间的色彩要仔细过渡。应该避免色彩在面部和脖子之间突然变色。睫毛膏几乎是必不可少的。即使是平时不爱化妆的女性在拍照时多少也要用一点。唇膏也很重要，以及能够表现眼睛轮廓但又不会让眼睑颜色过多而吸引注意力的眼影。"

比尔·麦金托什的大多数优美肖像是在顾客家里拍摄的，并在拍摄之前进行一次家访。除了决定要使用哪些道具、家具和房间外，他还利用这段时间和顾客讨论衣服、首饰、发型和化妆等问题。详细的讨论有利于防止白天拍摄时出现意想不到的情况。

对于女人来说，拍摄前一般要先请一位受过训练的化妆师进行摄影化妆。实际上，很多摄影工作室也都雇用全职的或者兼职的化妆师和发型师做这项工作，认为他们的技能与肖像的成功拍摄是分不开的。一次拍摄化妆的轻重和颜色取决于所选的肖像类型和服装颜色。受过专门训练的专家可以增加专业性的色彩，例如改善骨骼结构，让姑娘的眼睛明显变大等等。化妆还可以掩饰有问题的地方。例如，微小的瑕疵用普通的覆盖法就很容易地解决了。即使显眼的瑕疵，稍加拂拭也能使它们在相机里完全消失。

有些摄影师要求年龄较大的姑娘自己化妆。唇膏总是要用的，眼影要尽量少用，因为画得太多了反而使眼睛显小。化妆完成后，再敷上一层粉是个好主意。这样可以减少皮肤的亮度和反光。

建议你的客户不要在临近拍照时再理发。去过美发厅后，头发要有几天"放松"的时间。

▶ 在罗伯特·利诺拍的这张肖像中，这位初次登台的女演员的头发和化妆跟她的摆姿一样，都显得很正式。注意纱巾的使用，纱巾延伸了右臂的线条，并遮住她放在桌子上的肘部。还要注意，在她的左臂和身体之间留有一点空隙，这是看上去更苗条的摆姿。她的左手腕的摆姿近乎完美：一个优美的"弯曲"延长了腰围顺畅的线条。罗伯特只表现了拍摄对象手的侧面，手指微微分开的摆姿很优美。

第三章
影响摆姿的
摄影技巧

焦距和透视

头肩像 "标准"镜头（35 毫米相机的 50 毫米镜头；中型相机的 75～90 毫米镜头）不常用于拍摄肖像，因为标准镜头要求摄影师必须离拍摄对象很近，才能获得足够尺寸的头肩照。这样近的距离会放大拍摄对象的五官——鼻子将会变长，下巴会向外突出，头的后部也会变得比正常的要小。

因此，拍摄肖像作品一般要求使用的镜头焦距要比标准镜头长，尤其是在拍摄头肩像或四分之三身长的肖像时。根据经验，这时要选用的镜头焦距应该是胶片对角线的两倍。例如，对于 35 毫米胶卷，最好选用 75～85 毫米镜头。对于 2.25 英寸方形胶片（5.72 厘米×5.72 厘米），最好使用 100～120 毫米镜头。对于 2.25 英寸×2.75 英寸（5.72 厘米×6.98 厘米）相机，用 110～135 毫米焦距镜头就可以了。这些小长焦镜头在相机和拍摄对象之间提供了一个较大的工作空间，同时透

视正常，拍摄对象不会走形。

假如空间足够大，你还可以使用更长的镜头拍摄头肩像。例如，对 35 毫米胶卷来说，非常适合用 200 毫米镜头拍摄头

肩像。这是因为它的景深很浅，可使背景完全模糊，确保背景不会分散对拍摄对象的注意力。当使用最大光圈时，这种焦距能提供很浅的焦平面，可以

▲ 安东尼·卡瓦喜欢利用自己的邻居进行摄影练习。这幅肖像是用 Nikon D1X 相机和小长焦镜头拍摄的，他使用很强的侧面光与柔和的辅助光，很好地表现了这个男人面部的皮肤质感。

▶ 远摄镜头在使用最大光圈时产生非常浅的景深。大卫·贝克斯德用 Nikon D1X 相机、80～200 毫米镜头拍摄了这张漂亮的高调新娘肖像，焦距为 120 毫米。光线很弱，曝光时间为 1/15 秒，光圈为 f/2.8。大卫用 Photoshop 对图像进行了调整，创作出这张精致的肖像。

用来只强调眼睛或者面部，也可以有意地或有选择性地把面部某个部位拍得很模糊。

　　然而，你应该避免使用焦距过长的镜头（对 35 毫米胶卷来说，焦距大于 300 毫米的镜头），原因如下：首先，透视会变形——如果工作距离不合适，拍摄对象的五官就会像是被挤压了似的——鼻子往往像是贴在脸上的，两只耳朵好像与眼睛完全平行。还有，由于使用这样长的镜头需要的工作距离太远，你与拍摄对象几乎无法进行交谈。你肯定想与他进行正常交谈，而不是大声喊着指导他的摆姿。

　　在某些情况下，使用广角镜头是拍摄肖像的唯一办法，既可能因为空间有限，也可能因为你的任务要求你必须把周围的环境拍进你的画面。只要有可能，一定要避免拍摄对象变形。使用广角镜头，让你的拍摄对象始终处于画面的中心就可以做到不变形，因为那个

◄ 广角镜头非常适合拍摄肖像作品，但要让拍摄对象离开最容易变形的画面边缘。广角镜头使得前景显得亲近，并把背景融入构图。在马科斯·贝尔拍摄的这张广角肖像里，新娘身体呈可爱的S形曲线构图，背景中还有一个正在离开房间的神秘人物。前景用窗户光照明，背景用的则是室内很弱的环境光。

位置变形最少。拍摄对象越靠向画面的边缘，变形的程度就越大：头会加长，并变为畸形；胳膊和腿也会变得异常地长。如果出现了这种情况，你也许会换一个角度更广的镜头，以便让你的拍摄对象离开边缘，移到画框的中间来。如果你的拍摄对象是在房间里或办公室里，尽量让她或他处在房间的一个角落里，这样房间的线条就会汇集在画面中央，汇集到他身上。

四分之三身长和全身像　在拍四分之三身长和全身像时，建议你使用一般焦距的镜头。在这种情况下，该镜头就能提供正常的透视图，因为这时相机与拍摄对象的距离比拍摄头肩像时要远。用标准镜头拍摄时，你会遇到的唯一问题是拍摄对象与背景从视觉上可能难以分离。最好能使背景稍微模糊一点，这样观赏者的注意力就会放在拍摄对象身上，而不为背景所吸引。使用标准镜头拍摄，景深更大，这样即使是用大光圈，也很难把拍摄对象和背景分离。在户外拍摄尤其如此。

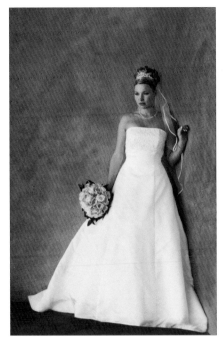

▲　上图：这是安东尼·卡瓦拍摄的非同寻常但却很有效果的肖像摆姿。新娘的身体没有转动，但是头部与相机有个角度，照明极好。还有，她的双臂与身体之间留有好看的空间，手的摆姿也很独特。当你遇到的拍摄对象很瘦，或者体形匀称时，有时候拍摄他们的正面像也很好。

▶　右上图：广角镜头很适合将环境摄入肖像，就像拉里·卡普德维尔的这张肖像一样。广角镜头内在的大景深使其在较大光圈条件下也能够拍到多个焦平面。

▶　右下图：在拍摄全身肖像时，最好使用普通焦距镜头，它有助于使画面内所有元素透视正常。罗伯特·利诺拍摄的这张迷人的肖像用的是 Bronica SQ-ai 相机和 90 毫米镜头（比普通镜头略长），并组合利用室内光、窗户光和电子闪光。

阳光光斑和其他背景因素，都很容易分散观赏者对拍摄对象的注意力。遇到这样的情况，可以用Photoshop来减弱背景因素。

群体肖像　在拍摄群体肖像时，你常常不得不使用广角镜头。上面讨论的背景问题这时可能会显得更加突出。使用广角镜头常常是你能把所有的人都拍摄进去，并且还能保持合适工作距离的唯一办法。

镜头和景深

这里该讨论镜头和景深的一些基本问题了。首先，较短的镜头天生有着比长焦镜头更大的景深。这就是在用长焦镜头拍摄肖像时，要特别注意精确对焦的原因。第二，你距离拍摄对象越近，景深就越小。当你拍一个人面部特写时，要确保你所用的光圈有足够的景深，能够把整个面部都拍清晰。第三，中型相机的景深小于35毫米相机镜头的景深。35毫米相机上的50毫米镜头产生的景深要大于中型相机上相应镜头（75毫米镜头）产生的景深——即使镜头光圈以及与拍摄对象的距离完全一样。这一点很重要，因为许多摄影师认为，如果他们用较大型号的胶片，就能提高肖像作品的质量。较大型号的幅面看去像是提高了质量，仅仅是因为胶片的尺寸大了。随着幅面的增大，对焦实际上变得更关键了。

如果你使用的是用胶卷的相机，在镜头光圈缩小到所用光圈的过程中，用景深控制器检查景深就显得很重要。然而，由于在缩小光圈并准确地

检测景深时，取景器的屏幕常常变得很暗，因此你还应该学会怎样快速读取景深表，并练习用心测算距离。当然，如能了解你镜头的各种特性就更好了。你应该知道在你最常使用的镜

▲　使用短焦距镜头有利于把背景和拍摄对象结合在一起，当相机和拍摄对象的距离较大时尤其如此。罗伯特·利诺借助宽大柔和的窗户光拍下了这张经典的《金塞阿尼拉》（初涉演艺界的女子）。拍摄对象和椅子的宽度与她背后的那张挂画一样，这就形成了一个对称的构图。那盏枝形灯产生了一点张力——略略偏离中心，使人觉得这张肖像美不可言。

▶　马科斯·贝尔拍摄的这张杰出肖像的景深仅仅可以覆盖新娘的面部。在这幅照片里，真正吸引摄影师的是新娘那双美丽的蓝眼睛。他的光全打在这对眼睛上而把其他元素都柔化了，景深浅得连她的鼻尖都模糊了。

头光圈上，其清晰度和景深会是怎样的。

有些数码相机让你在拍摄后马上就能在相机背后的液晶显示屏上放大，检查画面的细节。人们更喜欢这种功能，而不喜欢通过取景器在缩小镜头光圈的过程中分析图片，因为这时的画面往往很黑且模糊不清。

对焦

头肩像　精确对焦最困难的肖像是头肩像。在此类照片中，保持眼睛和额头清晰特别重要。常常还要求耳朵也清晰。

在用大光圈拍摄时，景深减小，你必须仔细对焦，让眼睛、耳朵、鼻尖都清晰。下面是你随时可能用到的关于镜头的知识。有些镜头的景深大部分在焦点后面，另一些镜头的景深大部分在焦点前面。在大多数情况下，景深平分为两半，焦点前后各有一半。

假设你的景深一半在焦点之前，一半在焦点之后，在头肩肖像中最好将焦点放在拍摄对象的眼睛上。这样通常会使整个面部和兴趣中心——眼睛都很清晰。眼睛是一个好的对焦点，因为它们是脸上反差最大的区域，所以聚焦起来也最容易。对于自动对焦的相机更是如此，这种相机常常寻找有反差的区域来对焦。

◀　布赖恩·金喜欢用最大光圈拍摄。在这幅高中女生的肖像中，布赖恩将其面部轮廓拍得非常清晰，而头发和鼻尖却有些模糊。仔细对焦是拍摄肖像的关键，特别是靠自然光拍摄同时景深又非常浅的时候，如本图。

▲ 当摄影师故意加进有对比性的前景和背景时，就会出现强化透视，使观赏者的目光从前景跳到背景。在马科斯·贝尔拍摄的这张肖像中，这一跳甚至是令人愉悦的，用画中画展现两个在厨房里的女人。前景中的父亲或者祖父脸上流露出非常可爱的表情，对背景中的情景漠然置之，由此营造出一个有趣的视觉效果。这张照片是用 Canon 1DS 相机和 24 毫米镜头拍摄的，f/2.8 光圈，曝光时间 1/60 秒。注意：摄影师是如何控制图中两个区域用光的。

四分之三身长和全身像 为四分之三身长和全身肖像对焦稍微容易一点，因为你离拍摄对象稍远一些，距离越远景深越大。再说一下，你应该用焦点分割景深，让它处于你希望的清晰范围最近点和最远点的中间。还有一点，由于背景问题，拍照时要用最大或者接近最大的光圈，使你的背景多少有点模糊。

相机高度与透视图

拍摄普通人时，为了使透视正常，要遵循几条关于相机高度的一般性规则。

头肩像 根据经验，拍摄头肩像时相机高度应当与拍摄对象的鼻尖一样高，或者略高一点。当拍摄对象脸的前部与胶片面平行时，从透视的角度而言，相机就会记录到最佳角度。

四分之三身长和全身像 拍摄四分之三身长肖像，相机的高度应当在拍摄对象的腰与颈部的中间位置。拍摄全身肖像，相机应当与拍摄对象的腰一样高。

相机的升降 在上面所叙述的每一种情况下，相机所在的高度都是把拍摄对象可见的部分在取景器里平分为两半。这样，在镜头与拍摄对象轴线以上和以下的距离是一样的，透视线的收缩也一样，就能形成"正常"的透视关系。当相机升高或降低时，透视（照片各部分的尺寸关系）随之变化。通过控制透视关系，你可以修改拍摄对象的瑕疵。

在拍摄四分之三身长和全身肖像时提升相机高度，可以放大拍摄对象的头和肩膀，但是却缩小了腿和臀部。反之，如果降低相机的高度，则会缩小头和肩膀，放大腿和臀部。

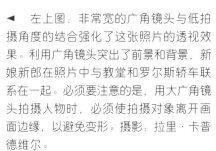

◀ 左上图：非常宽的广角镜头与低拍摄角度的结合强化了这张照片的透视效果。利用广角镜头突出了前景和背景，新娘新郎在照片中与教堂和罗尔斯轿车联系在一起。必须要注意的是，用大广角镜头拍摄人物时，必须使拍摄对象离开画面边缘，以避免变形。摄影：拉里·卡普德维尔。

◀ 左下图：在弗拉基米尔·贝克尔这张复合构图中，两幅肖像均从低于下巴的高度拍摄，他认为这样做可以把新娘的脸拍成理想的椭圆形。拍摄用的是小长焦镜头。一般情况下，为避免拍摄半身肖像时变形，镜头的高度一般与鼻子同高。

在提高相机高度的同时，向下倾斜相机（或降低相机高度时向上倾斜相机）会增强这种效果。一条好的经验是，在拍摄四分之三身长或全身肖像时，镜头高度应该是：相机的机背与拍摄对象的平面平行。相机向上或是向下倾斜，都会使拍摄对象的特征变形。

在拍摄头肩肖像时抬高或降低相机，其效果更明显。所以，掩饰面部瑕疵的主要手段是：调节相机高度，使相机高于或低于鼻子。升高相机的高度，鼻子会变长，下巴和颌部的线条会变窄，但额头会变宽；降低相机的高度，鼻子就会缩短，前额不再突出，颌线会变宽，同时下巴会突出。

与拍摄对象的距离　相机离拍摄对象越近，摄影透视图中的变化就越明显。假如你发现在调整过相机高度后，没有取得所要的效果，那就让相机离拍摄对象更近一些，再来试一次。理想化的是，你在相机里看见一个没有变形的、美化的面部和人体的图像。蒙特·苏克调节相机高度的程序是，首先把相机放在拍摄对象需要拍摄的身体那部分的高度，然后从取景器里边观看，边调节相机高度。"我让拍摄对象脸朝上、朝下和朝左、朝右，以期求得最佳效果。"他说。

倾斜相机

在新式肖像作品中，你常常可以看见为了寻求动感效果，相机是倾斜的。这个技巧是对传统的大胆反抗，但它取得的效果远远超出了精美的艺术效果。譬如，倾斜相机多半会使摄影师抬高或降低肩膀的连

▲　克雷·布莱克莫尔用背光和低相机角度拍摄了这张经典的四分之三身长新娘侧面肖像。尽管相机的视角低于正常的高度，但它仍然接近于将画面顶端与底端平分为两半。稍低的摄影角度会突出婚礼服的宽大和豪华。

线，获得更好看的摆姿。用广角镜头拍摄时，倾斜相机可以改变拍摄对象面部的位置，把它从画面的边缘移开，减少画面关键区域的变形，但仍然保有广角镜头的画面效果。

拍摄光圈

选择工作镜头的光圈常常决定着曝光水平。换言之，有时候你没有多少选择光圈的余地，特别是在你使用电子闪光灯或在户外拍摄时。当你能够选择时，光学专家会劝你选择一个比镜头的最大光圈小 1.5～2 挡的光圈。例如，一个最大光圈为 f / 2 的镜头，其最佳光圈应该是 f / 4 附近。威斯康星州著名的老年摄影师弗齐·丁克尔，他在拍摄肖像时用的是 80～200 毫米 f/2.8 镜头，大多数情况下他把镜头光圈缩小到 f / 4。他把光圈缩小 1 挡是为了纠正自动对焦造成的差错，还因为它更接近于镜头的最佳光圈。

不过，最佳光圈也并不总是能小到为头肩肖像提供足够的景深，所以常常还需要进一步缩小光圈。这些小光圈足以让面部都清晰，但还不足以把整个背景也拍清晰。它们通常还能使快门速度快到足以防止相机或拍摄对象的轻微抖动。注意，最佳镜头光圈的使用取决于总体照明水平和你所用胶片的速度。

用最大光圈拍摄 体育摄影师和其他摄影记者日益完善的一种摄影技巧是，用尽可能高的快门速度和尽可能大的光圈。这一技巧有两个功能：消除相机或拍摄对象可能出现的移动；根据拍摄对象和相机之间的距离，使背景完全模糊。如果用长焦镜头靠近拍摄对象拍摄，效果更夸张，在面部产生的焦

▲ 马科斯·贝尔倾斜着相机拍摄了这张可爱而精美的结婚像。相机倾斜产生一条斜线，马上就引起人们的视觉兴趣。自行车、棕榈树等元素为这张有趣的图像构成一个框架。马科斯从相机的位置闪了一下闪光灯，以显示新郎新娘背后的细节。

◀ 48页图：凯文·库伯塔坐在敞篷车的后座上拍摄了这张广角照片。这是在陪新郎新娘乘车疯狂行进的过程中拍摄的，注意黄线的位置，说明车上的空间仅够相机将这个情景拍下来，仅剩一点点多余空间给人以视觉紧张感，无疑，这也反映了摄影师本人的紧张情绪。

平面像剃刀片一样薄，有一条清晰可见的散焦线。这是近来很受欢迎的一种风格化效果。

◄ 50页上图：一张令人回想起20世纪40年代的美丽肖像。拍摄者是乔·比伊辛克，他选择了一个相对较大的光圈将新娘拍得很清晰，却把新郎拍得比较模糊，这样新郎就变成一个敬慕的旁观者。

◄ 50页下图：当新娘回头俯身拾起她的婚纱时，乔·比伊辛克立即为这一特殊时刻拍摄了一张照片。这算不算是肖像呢？当然——这是一幅源自对时机和情境的反应，与仔细的摆姿同样生动的肖像。时刻准备拍摄，意味着你要把光圈开到最大，以相机上最高的快门速度拍摄。

► 右图：许多摄影师发现，即使在光圈为f/2.8时，相机所提供的景深也太大。他们喜欢用Photoshop或在暗室里虚化画面，使焦平面薄如剃须刀片。这张新娘肖像遇到的就是这种情况。图中的眼睛轮廓分明，但其他地方均模糊，连婚纱和头发都变得很模糊，乔·比伊辛克为这位非常漂亮的新娘拍了一张高调的梦幻般的肖像。

快门速度

你必须选择一个能够防止相机和拍摄对象移动的快门速度。如果你使用三脚架，1/60～1/30秒的快门速度应当足以防止拍摄对象一般的移动了。

拖住快门　如果你使用电子闪光灯，除非你能"拖住"快门，即用低于闪光同步的快门速度，才能在曝光时加进环境光，否则你的快门速度就被锁定在相机需要的闪光同步速度上。这个技巧是用来产生闪光与环境光平衡的曝光。在时装界，常用这一技巧来增强效果，此时闪光灯的作用是定格拍摄对象，而慢速快门则会将拍摄对象的任何移动模糊掉。

户外　在户外拍摄时，一般来说应当选择高于1/60秒的快门速度，因为很轻的微风也会在曝光的瞬间吹动拍摄对象的头发。

手持相机拍摄　假如你不使用三脚架，通常的规则是，使用的快门速度是镜头焦距的倒数。这是能够有效地手持相机拍摄并拍得清晰的最低快门速度。例如，如果使用100毫米镜头，一般情况下，就用1/100秒的快门速度（或紧挨着的相应最高快门速度，如1/125秒）。如果你距离拍摄对象特别近，比如要拍一张面部特写，由于画面放大率的原因，必须使用更

高的快门速度。

拍摄运动的对象　在你抓拍或拍摄处于运动中的拍摄对象时，要选择一个快得能定格动作的快门速度。如果关于使用何种速度还有问题，回答便是永远选择接近最快速度的快门以保障画面的清晰度。对于这种照片，重要的是定格拍摄对象的动作，而不是为这一镜头获得大景深。

防抖动镜头　在镜头设计中，最大的一个进步就是有了防止图像抖动的镜头。它能抵消相机的抖动，使摄影师能够用不可思议的低速快门 1／15 秒或 1／8 秒，而不用担心使图像质量下降的相机抖动。这样的镜头使你能够在低光照条件下用最大光圈拍摄，经长时间曝光仍能获得清晰画面。尼康和佳能都为它们的相机生产出

◄ 52 页图：极快的快门速度加上自己独特的眼光，叶尔凡特·扎纳扎尼安将新娘与被风吹起的面纱分离开来。叶尔凡特让新娘身体向后倾，目光朝下看，向后弓背，给肖像增加了一条漂亮的线条。婚纱的静态部分形成一条穿过全图的斜线。图中的景深到了最小的程度，并且还用 Photoshop 做了一些修描。

► 右上图：杰瑞·基恩尼斯用最大光圈和较长的 1/8 秒的快门速度，借着烛光拍摄了这幅浪漫的肖像。从婚纱中的异常美丽的绿色可以看到，杰瑞利用了一束杂光——可能是霓虹灯或是屋子里某处散发出来的光。

► 右下图：乔·比伊辛克拍摄的这张照片名副其实"深不可测"——全黑的背景，被聚光灯照亮的新郎和新娘正在跳婚后的第一曲舞。乔用中心重点测光表测量新娘和新郎，而不去理会巨大的黑色部分。

了这样的镜头。

谈谈数码摄影

　　现在，用数码相机拍摄的摄影师的数量在飞速增长。数字胶片速度和实际使用胶片的速度紧密相关——设定的胶片速度越慢，噪音（相当于数字颗粒）越少，反差也越大。数码胶片的速度在每幅之间都可以增减，使数码摄影内在比胶片摄影灵活得多。在使用胶片拍摄时，整卷胶片必须使用同一速度。

　　用ISO 1600这样的高速胶片拍摄，曝光时会产生很多数字噪音。许多数码照片处理程序里带有除噪过滤器，能自动消解噪音水平。一些新产品如Nik多媒体软件Dfine，就是Adobe Photoshop的噪音过滤器插件，能有效消除拍摄后的画面噪音。

　　相机技术已经进步到在非常困难的情况下也能拍出很多高质量照片的程度。然而，专家们还在继续向前推进。例如，数码照片的宽容度就不如彩色负片。曝光宽容度根本就谈不上。摄影大师提姆·凯利将数码摄影和透明胶片拍摄作了比较，后者的曝光宽容度只有1/2挡甚至更小。

　　使用透明胶片，无论是曝光过度还是曝光不足都会很麻烦。拍摄数码照时，如果曝光不

▲ 马科斯拍下了在女儿婚礼那天母亲与女儿充满喜庆气氛的肖像。这当然不是事前摆姿的肖像，不过非常生动。马科斯使用了Canon 1DS相机，70～210毫米 EOS 镜头，以及速度为 ISO 400 的胶片。他用 Photoshop 改善了图像的颗粒。而原始图像尽管光照度低，但所用的光圈是 f/4.7，快门速度 1/250 秒，以产生足够的景深保证两个人的面部都清晰。

足仍然可以补救（特别是用RAW格式拍摄时），而曝光过度的照片由于缺乏亮区细节，则永远失去了。你永远也不可能恢复在原始曝光中没有出现过的强光区细节。因为这个原因，大多数数码照片的曝光都要确保全部强光区内有清晰的细节和中间色调。阴影区既可以使之曝光不足，也可以用辅光"照亮"一点，提高它们的亮度。

第四章
构图技巧

所谓肖像作品的构图，就是如何在画面内安排拍摄对象的位置。就拍摄对象位置安排这一问题有几个构思流派，但哪个流派的答案都不是唯一的。本章介绍两个原则，帮助你更好地确定将拍摄对象放在画面的什么位置。

三分法则

很多学习摄影的人不知道该把拍摄对象放在画面中的什么位置，结果，这些缺乏经验的艺术家们经常选择把拍摄对象放在画面的正中间。这正是人们所能拍出的最静态的一种肖像。

提高构图质量最简易的办法就是利用三分法则。这一规则就是把不对称强行纳入肖像图案的设计中。仔细看看第56页的两个示意图。矩形视图被4条线分割成9个小矩形，任何两条线的交叉点可以被看作一个动态视觉区，这些交叉点就是你安排主要兴趣点的理想位置，但你也可以在分割线上的任何一处放置你的兴趣点。

在头肩像中，眼睛是兴趣中心。所以最好把它们放在一条分割线上，或者两条线的交叉点上。

在四分之三或全身像中，面部是兴趣中心，所以应该把脸放在一个交叉点或者分割线上。

在竖向图片中，头或眼睛一般放在离画面底边大约2/3的地方。而在水平构图中，只要拍摄对象不取坐姿或卧姿，眼睛和脸通常是在距画框顶部以下1/3处。而在坐或卧的情况下，

▶ 这是一幅利用主要三角形（马匹、一对情人和车夫）的典型构图，很熟练地把重要的拍摄对象置于画面1/4区域内。这张照片选自杰瑞·基恩尼斯的获奖作品集。

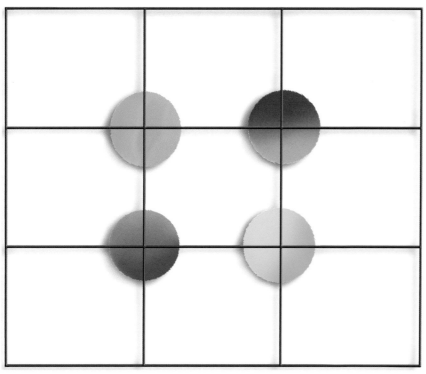

◄ 左上图：三分法则涉及9个小矩形和4条相交的线——这种格子是帮助设计构图用的。有些取景器就有这种格子，在取景器里将画面分为相似的几个小格子。

◄ 左下图：黄金分割律与三分法则很相似。最主要的在于黄金分割律的拍摄对象离画面中心更近。两幅图均为谢尔·多米尼加·尼格罗绘制。

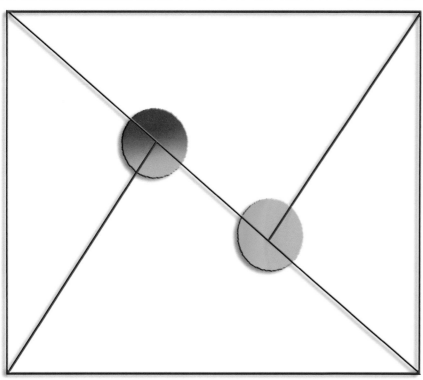

像的水平和垂直比例。

方向

你常会发现，如果你把主要兴趣点放在一条分割线或交叉点上，拍摄对象一侧的空间就会过大，而另一侧的空间则不足。显然，你要让拍摄对象处于画面内，让他离画面中心更近些。然而，重要的是拍摄对象不能在正中央，而是在中心线的一侧。

不管拍摄对象在画面中面朝哪个方向，都应该在他前面（他面对的那个方向）留有稍多的空间。譬如，你在取景器里观看场景时，看见拍摄对象在朝右看，就应该在画面里给他的右边比左边多留些空间。这就给了画面一个视觉上的方向感。

即使你在构图时想把人放在非常靠近中心的位置，也要在他转向的一侧稍微多留一点空间。当拍摄对象正面看着相机时，也可以使用同样的构图

眼睛和面部可以放在下面的1/3分割线上。

黄金分割律

同三分法则相似的一条构图原则是黄金分割律。这是古希腊人首先发现的一条定律。简单地说，黄金分割律就是指

出了兴趣中心所处的点，也是肖像构图的一个理想类型。

黄金分割点的找法是从画框的一个角向另一个角画一条对角线，然后，再从剩下的一个或者两个角向这条对角线画垂线，与对角线相交（如上图）。这样做可以同时确定图

原则。不是将他置于画面的中心，而是在他的一侧留下稍微多一些的空间，以便在肖像中产生方向感。

线条

要想有效地掌握构图的基本原则，摄影师必须能够识别画面中实在的和隐含的线条。实在的线条非常明显，如一条水平线；隐含的线条就不那么明显了，手腕的曲线和胳膊的弯曲就是隐含的线条。

线条的位置 实在的线条不能把画面分成两部分，这样就把构图分成了两半。把实在的线条放在画面1/3处的某个位置比较好，这样会使画面更加有意思。

在画框的边缘 无论是实在的线条还是隐含的线条，相交于画

◀ 左图：米歇尔·赛林塔诺拍摄的这张照片为了使构图更有力，使用了强有力的斜线。新娘的角度与她的鼻梁所形成的斜线在同一个角度上，成为本图的方向所在。她肩膀的斜线和胸衣的斜线形成对比，构成了画面中的非对称平衡，紧紧抓住你的视线。

▼ 下图：安·汉密尔顿拍摄的这张肖像虽然看不见新娘的面部，但仍然很有活力和感情。我们看见她非常注意细节和礼服式样，我们看见她轻轻撩起纱巾时支起的弯曲手指，感到了她的着急劲儿——也许是因为相机的倾斜以及她在画面中有些前倾的摆姿。这是一个喜庆的画面。

▲ 上图：泰晤士河、大笨钟，6月末晚上11点钟时突然降临的夜色——这些都是伦敦的标志。摄影师杰瑞·基恩尼斯利用一条全景式的斜线，突出了伦敦建筑的悠久历史与这对情侣相互间的深情。人的情感与图中强有力的图画线条结合得条理分明。

► 右图：这个构图是干扰性的还是要吸引人的注意力？我在第一次看见摄影大师蒙特·苏克的这张新作时，我都拿不准该说什么了。在传统的摆姿里，从来没有过这样的事——用手捂着脸，露着手指和指甲。不过，这个图像是在吸引你审视它——看过它一目了然的地方后，再长久地观察它，我认定它是引人注目的。既是因为它有许多不同的线条和隐含的形状，也是因为她看上去像是透过蜘蛛网看人——你必须仔细观察才能理解。

◄ 58页图：这座桥火红色的拱形与抢眼的斜线驱使观看者的目光去看新娘和新郎——这是一个利用既有形状修饰和提高构图的绝好例子。拍摄：杰瑞·基恩尼斯。

面的边缘都会引导视线朝画面里看，而不是向外看，并且，它们应该将视线引向拍摄对象。这方面的一个好例子是乡间的道路，在前景中最宽阔，然后逐渐变窄并会聚到正在行走的拍摄对象所在的那个点上。这些线条直接将视线引到拍摄对象身上了。

方向 隐含的线条，诸如拍摄对象的胳膊和腿的线条等等，都不应与构图的方向或重点相矛盾，而是起修饰作用。这些线条的方向应当变化柔和，引导目光去看主要的兴趣点——眼睛或面部。在画面内安排各种

▲ 这张照片看起来非常对称，但图中有很大的动感空间和运动性。前景和背景是两个线条分明而又有趣的三角形；另外，马和骑马的人都不在画面的正中央，是在中间偏左一点；而马行走的方向则是朝图的右半边。摄影：迪安娜·乌尔斯。

要素时要有一种内在的逻辑，让目光跟着预先设计的路线行进。这是创造视觉兴趣和保持这种兴趣的关键要素。

线条与视觉运动

构图中的线条产生视觉运动，观看者的眼睛在随着曲线和角度合乎逻辑地运动时，就看到了那些形状并看完整个画面。通过摆姿识别并创造出构图线条，是创作一幅动感肖像的有力工具。

S形的构图也许是所有构图中最悦目的形状了。在使用这个形状的画面里，兴趣中心一般都落在按三分法则或黄金分割律建立起来的交叉点上或其附近。而画面的其余部分将会形成一个微微倾斜的S形，引导观看者的目光落到主要的兴趣区域。

另一个悦目的构图是L形或者倒置的L形。对取坐姿或者卧姿的拍摄对象来说，这是一种理想的构图。

C形和Z形也是在各种肖像作品中常见的形状，这两种形状看上去也都是悦目的。

形状

形状可由实在的线条或隐含的线条构成。例如，处理三人摆姿，一个经典的做法是把他们摆成三角形或金字塔形。你也许还记得在一个好的肖像构图中，人体的基本形状要像一个三角形——比线条更重要的形状，也可以对整个构图进行类似的整合、均衡。拍摄对象通过摆姿构成的形状，可以通过前景或背景中的其他形状加以对比或点缀。

▶ 右图：这堆废墟中的墙壁被弱化，窗户的形状也不明显，除非你退后看，才能看见它是大大的尖顶的窗户。新娘身体呈弓形，目光向后，吸引我们的注意力。她的身体被安排在三分法则中的一个交叉点处。摄影：伊丽莎白·霍曼。

▼ 左下图：因为知道了三角形是所有形状中最令人愉悦的形状，比尔·邓肯在这个图像中运用了很多三角形。用比尔的话说："这是一个小孩在红孤峰花园（在美国犹他州的盐湖城内）的一个池塘边钓鱼。我用了一个长镜头（500毫米）和玛米亚RB－67相机才越过了那段距离。孩子的爸爸就站在画面外左边，如果孩子失足落水，他随时准备跳进池塘。永远要有保护措施。我喜爱长镜头，以及长镜头阐释图像的方式。"

▼ 右下图：这个基于一个三角形构图的照片是比尔·邓肯的作品。新娘其实坐在比尔从旧货店买来的一个小板凳上，新娘的膝盖下垂，所以它们没有支起衣裙。这种摆姿技巧可以让新娘在坐下时使礼服呈现出清晰的线条。

▲ 广角镜头使拍摄对象产生一种亲密的状态，同时创造了一种全景式的背景，产生出不可言喻的视觉兴趣。叶尔凡特·扎纳扎尼安拍摄了一张摆姿精美的肖像，新娘的形象呈可爱的金字塔形，背景是游艇、工业之光以及神秘的美。新娘摆姿是20世纪40年代的风格——优雅浪漫。拍摄地点是个码头，远处的背景是墨尔本市，背景的稍近处是阿尔托纳炼油厂的烟囱。从炼油厂烟囱上方落日的余晖，可以看出这是一个秋季的日落时分。

► 63页图：为什么新娘和新郎偏离构图中心那么远？杰瑞·基恩尼斯决定，让新娘与背景之间形成平等的视觉非对称平衡，背景由于色彩的原因视觉效果很强。如果你用眼睛扫过画面，它们会从新娘的面部跳到殷红色的背景上去，然后再转向闪烁的灯光，最后又回到新娘这里。

经典的金字塔形是所有艺术中最基本的形状，由于斜线与一条有力的水平基配合使用，充满了动感。平直的大路最后会合于远处的一点，是现成的金字塔形状的例子。

形状、相关联的形状甚至隐含的形状无穷无尽，但是此处讨论的问题是，要认识到线条和形状在好的构图中普遍存在，它们是创造视觉兴趣和使肖像内在统一的有力工具。

非对称平衡与对称平衡

正如实在的与隐含的线条和形状是有效设计图像至关重要的部分一样，而控制着它们的"规则"——对称平衡与非对称平衡也同样重要。

当两个物体形状上可能不相似，但在视觉上具有相同的力度时，在画面内可以形成一种和谐，就是对称平衡。

另一方面，非对称平衡是在画面中的一种不均衡状态。它可以被称为视觉对比。例如，画面的一侧是4个小孩，另一侧

是 1 匹小马驹，这就是非对称平衡。他们形成对比是因为它们在形体上差异太大，而且形状上毫无相似之处。

但是，由于两组拍摄对象之间的某种东西或者其他什么原因，照片仍然可以形成完美的视觉均衡状态。例如，还是上面的例子，如果小孩组穿亮色的衣服，而小马驹呈暗色，就可以从视觉上解决它们不一样大的问题了。眼睛这时看见的两组拍摄对象就会是一样的了——其中一组是靠大的形状令人瞩目；另一组则以醒目的色彩吸引观看者的注意。

虽然不必非要消除画面里的非对称平衡，但非对称平衡是和对称平衡概念共同发生作用的，所以，在任何一幅图像里，都既有非对称平衡的元素，又有对称平衡的元素。这是一种关键的艺术元素组合，因为它能起到提高视觉兴趣的作用。正因为如此，非对称平衡和对称平衡才是优秀肖像作品中的积极因素。

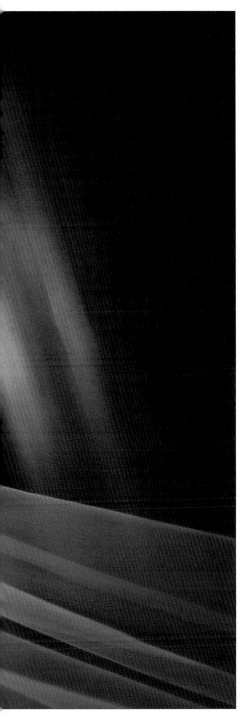

▲ 詹尼弗·乔治·沃尔克的这张照片的题目叫"财产"。青年男子的色调、位置及清晰度使其成为画面的主角。女孩不清晰、色调较暗，带有一种神秘感。支配性问题是摄影师在肖像中反复提出的主题。

◄ 当拍摄对象被安排在横跨构图中心线的位置时，他或她就不是在"做一个不均衡"的动作，而是已经不均衡了——至少眼睛看到的情况是这样。当摄影师有意地让拍摄对象越过中心点时，就获得了一个不平衡的状态。在叶尔凡特·扎纳扎尼安拍的这个画面中，失去平衡似乎意味着旅程已经结束，更重要的是，它似乎在说："我已经到了！"叶尔凡特助手手持的一盏视频灯使这个画面的照明异乎寻常的美。

视觉重点

在评估画面里的非对称平衡和对称平衡时，一定要记住构图中关键元素的视觉权重，以及其他可能会分散注意力元素的权重。

拍摄对象的色调　总的来说，眼睛总是被吸引到画面中最明亮的部分。经验说明，亮色调在视觉上优先，而暗色调后退，这是自然现象。所以，画面中色调比拍摄对象还亮的元素将成为干扰元素。画面中的光亮区域，特别是位于画面边缘的光亮区，必须在洗印时，或利用计算机，或者在拍摄时（通过柔光镜）将其颜色加深。这样观赏者的目光就不会被吸引到拍摄对象以外的地方了。

当然，在有些肖像里，拍摄对象却是画面中最暗的部分。例如以全白色作背景的高调肖像。这时起作用的原理跟前面所述实际是一样的，因为在一片白色或者以淡色做背景的图片里，目光会移向对比度最大的区域。不管拍摄对象是明亮还是黑暗，它都应当是画面中的支配性元素，或者使用亮度，或者使用对比度。

关于色调的视觉重点的知识，及拍摄对象拍照时应当穿什么衣服也需要讨论一下。例如，深色衣服有助于使人体与背景浑然一体，这样面部就会成为画面中最显眼的部分。深色显得苗条，浅色增加分量。一般来说，衣服的颜色应该淡化，因为鲜艳的色彩会影响对面部的注意。印花和图案——无论有多小——也会因其对比度变

▲ 梅库里·梅格劳迪斯的这张照片无论构图还是设计都无可挑剔。处于黄金分割位置上的新娘和新郎既具有动感，又鲜明突出。画面每个边缘的色调都是暗色，将目光向内引向那对新人。注意，新娘及其婚纱呈现出一个完美的S形——所有艺术形式和摄影中最令人愉悦的一个形状。

正是要素之所以重要的原因。

在设计和构图原则之内，人们会发现使一张肖像成为一张具有表达情意和吸引力的照片的手段。观看者在看过其表面凝结的信息后，会长久地注视这张照片。

成分散人们注意力的东西。

焦点 图像上的任何一个区域，无论是清晰还是模糊，都会吸引观看者的视觉。例如，设想拍摄对象在绿阴中，透过绿阴可以看见一部分天空。一般来说，目光会首先去看那片天空，但是如果天空柔和模糊，目光就会反过来去看对比度最大的那块区域。最有希望的是人脸，前景区也是如此。尽管把前景背景拍得比拍摄对象更暗是不错的想法，但有时候却做不到。不过如果前景模糊，它会较少地分散对清晰主体的注意力。

构图设计的观念

上述观念并不是摄影师所独有的，在各种视觉表现艺术中都能够发现，甚至可以上溯到古希腊文明时期。虽然并不是所有的摄影师都意识到了这些观念，但是他们常常出自本能地在应用这些观念，因为他们有生来就有的构图设计的感觉。对于我们这些不是生来就有设计感觉的摄影师来说，可以通过各种视觉艺术观察和学习这些规则。你越是熟悉那些制约人们观察图像的视觉节奏，就越能够在实践中把这些要素结合进你拍摄的照片里。

也许你会问：这些和摆姿艺术有什么关系呢？有效的视觉交流形式在可以觉察到的与不易观察到的两个层面上都起作用，影响欣赏肖像的人。我们可以数出一张照片在技术上的方方面面，却不一定能说出它在视觉方面吸引人的理由。这

第五章
表情

摆个好看的姿势，酝酿好表情，这是在拍摄之前及拍摄过程中典型的程序。你的拍摄对象与你合作觉得越来越舒服，而你则在考虑一种最能美化他的方式继续拍摄，这时你们就是在建立一种融洽的关系，你的拍摄对象在相机前越来越放松，帮助你为他拍出他可能最喜欢的摆姿和表情。

拍摄前交换意见

为良好的交流做铺垫的最好办法就是，拍摄之前同拍摄对象交换意见。即使一个短暂的会面也会为双方取得一致意见起到很大作用。拍摄前的会面会帮助你知道拍摄对象对画面和花费有什么样的要求。这是计算拍摄和印制费用大致需要多少的好机会。双方对拍摄和印制费用不应当有误解。

个人特点

摄影师加利·法甘特别注意人与人之间的差异。他说自己的哲学是"要把每一个客户当作一个特别的个人对待，他或她有自己的喜好和厌恶。"他总是事先同他们通信，了解他们的特殊兴趣及其将来的打算。他还尽量多地了解他的每一位顾客，所以才能"与他们交流，让他们感到轻松自然"。他说："我向他们建议穿什么衣服，但是也欢迎他们带上他们想穿的衣物来，使这种拍摄更有私人特点。"

心理

有几个小秘诀会改进你与拍摄对象的交流效果，并提高肖像的拍摄质量。

• 避免长时间的沉默，哪怕你需要专注于技术细节。对顾客担心的问题要再三承诺。

▶　摄影师杰瑞·D提高自己摄影技术的技巧就是频频外出考察，到他一个人都不认识的地方。他发现很多有趣的人，就劝他们同意让自己拍照。他拍摄时，尽量捕捉拍摄对象的本质，这就要求他能够对人迅速地做出判断。这里，他拍摄的是一位老妇，她有饱经风霜的皮肤和一双可以告诉你无数故事的眼睛。他拍这张特写镜头似的照片时用的是一个85毫米 f/1.4镜头，大光圈模糊了背景，看上去几乎像是一个神秘的天空景色。

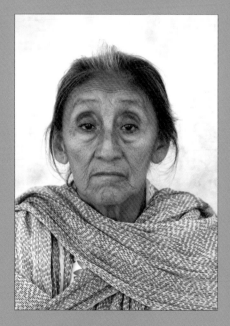

▲ 迈克尔·泰勒擅长于和他的拍摄对象进行感情上的交流，无论是少年还是老人。他为人热情且不会摆架子，使人感到与他相处很自在。这张肖像拍的是加州帕萨达纳的一名小学生。

• 要把摄影师从技术细节的负担中解脱出来，找个助手是个好主意。他或她可以按照摄影师的要求准备好灯光和背景，并在摄影师与客户交流时帮助客户调整坐姿。

• 要肯定拍摄对象的外表和衣着。

• 拍摄要快，使摆姿保持新鲜，富有想象力。

• 虚心听取拍摄对象提出的建议。

• 多笑，使拍摄对象觉得你对这次拍摄感到满意——特别是在你完成一次自己觉得不错的曝光时。大多数人都会对真诚的微笑作出积极反应。

要恭维拍摄对象

恭维可能比较危险——恭维太多会被认为不真诚，没有又会被认为是冷淡或者不好客。真诚的态度才是最好的。对拍摄一张好照片表达自己的激动之情，是对拍摄对象最好的保证。例如，你可以在拍完一张照片后说："哇！这次拍得太棒啦！"记住，拍摄肖像的实际过程是整个肖像制作里最重要的部分，拍摄肖像的目的就是要让客户对自己感到满意。

让拍摄对象舒适

在拍摄时感觉不舒服的拍摄对象，在拍出来的照片里大半看着也不舒服。这些人毕竟都是普通人，不是靠摆姿为生的专业模特儿。给你的拍摄对象一个自然的摆姿，让他自己感到合适。假如拍摄对象看上去自然又放松，那么这个摆姿对他们来说就不仅自然，而且还很典型，说不定具有永久性呢。你要做的是精益求精——弯一下手腕、把重心放在后脚上、身体转离相机的角度、腰部以上的倾斜度——不过摆姿本身对拍摄对象来说应该具有代表性。

表情

毫无疑问，拍摄对象的表情是成功的肖像作品的主要成分。当然，这并不仅仅意味着拍到了灿烂的笑容。就整体而言，肖像本身就是一个表情，而且很有可能所反映出来的内容远远多于表面特征。它可以是性格的表现——在最高的层面上表现的是道德与智慧，几个世

纪以来都这样认为。肖像具有的这种可以表达一个人很多方面无形特征的能力，使很多人为之倾倒，从而也将肖像的地位提升为一种艺术形式。从最高的层面上说，肖像制作也是艺术创作，能够使观看者发挥全部的想象力去思考。

微笑还是严肃 绝大多数摄影

师都认为，高兴愉快的表情比夸张的大笑更好看。在这种状态下，面部放松，拍摄对象看上去像他自己。警惕"假笑"，这种笑是他们认为你想要看见而预先想好的。真笑和假笑是完全不同的，因为真笑时整个面部都参与，而假笑只牵动嘴巴。

► 极好的时机意识和良好的直觉意识会得到回报，而又不会损害肖像摄影师和拍摄对象的良好关系。贝克是让人立即喜欢上的那种人，他的幽默感使他干什么总能捷足先登。

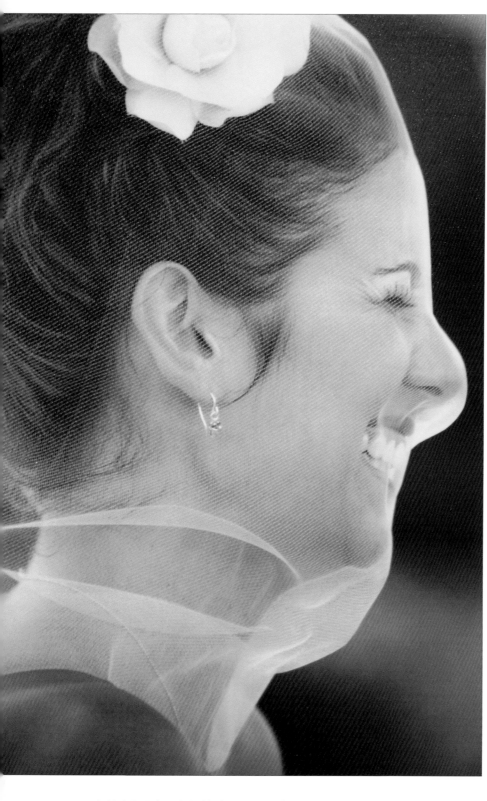

这张漂亮的侧面肖像因为风吹动纱巾，使之好像包住新娘头部的袜子而显得可笑。这种表情是细致的观察与时机把握的结果。布鲁克·托德当时正在用35～350毫米镜头拍摄新娘的侧面像，一阵风吹来形成了这个有趣的时刻。

分"。像大多数摄影师一样，蒙特相信笑是人类能够做出的最令人喜欢的一种表情，但是他也认识到很多人笑起来并不好看。在这样的情况下，他会要求拍摄对象做一种更严肃和思考状的表情，或者，要求"一个隐隐的笑容，但不是完全的笑"——特别是如果笑容像是挤出来的。大多数摄影师都认为，没有比假笑更糟糕的。当然，有些拍摄对象更喜欢让摄影师给他们拍严肃的摆姿。

用眼睛来笑　为了成功地获得笑容，蒙特·苏克有一个惯用手段。他总是强迫他的拍摄对象在笑的时候露出上面整排牙齿，"做不到这一点看上去就有点做作"。他常说"用你的眼睛来笑"，这时他们会忘记自己的嘴巴，从而获得最自然的笑容。

比尔·麦金托什也赞同"用眼睛笑"的做法，常常用连珠炮似的过度吹捧或庸俗的幽默让拍摄对象发笑。比尔的很多顾客是贵妇，他又是南方人，所以称赞女顾客都很"迷人"就显得很重要。麦金托什利用对话和融洽的关系编织了一个交流网，并打算尽力形成一种规律和流程，这样他就可以记录下拍摄对象对每次交流

让拍摄对象露出笑容或者你想要的表情，最好的办法是赢得他们的信任，让他们放松。如果你事先已经和他们交换过意见，碰到的问题应该已经解决了，你的拍摄对象就不会那么紧张了。总之，要鼓励人们保持本来的面目。笑和不笑的摆姿都要多样些，多数人喜欢变化。

诱发表情　蒙特·苏克认为，表情是"每张肖像最持久的部

意见的谈话所作的反应。

他说："当你要拍摄某人时，你是在用声音和身体语言，将你的拍摄对象置于一种轻度的催眠状态。你要悄悄地曝光，尽最大的可能让他们忘记正在被你拍摄。"

▼ 蒙特·苏克是捕捉瞬间的大师，在这张肖像中他真的是在让这个小孩思考。看他的眼睛多么有神，举起指头似乎在说"我有主意了！"或"我明白了！"。这种摆姿只有在摄影师和拍摄对象之间形成极融洽的互动关系时才会有。

第六章

摆姿策略

从质量上说，照片和照片之间经典、漂亮的摆姿和动人的表情差别可能不会很大，但摄影师们创造这些效果所使用的策略往往大不相同。下面就是其中的一些。

观察拍摄对象

提姆·凯利是美国最著名的肖像艺术家之一。北美地区所有的专业组织都承认他属于当代最优秀的摄影师之一。

他在谈到拍摄过程时说，在你把注意力转向安装胶片时，你不妨瞥一眼你的拍摄对象，他此时可能完全表露了自我。这个稍纵即逝的瞬间就是凯利工作室著名的"第13张胶片"——基本用不上的那张胶片（指能够提供12张左右胶片的哈苏胶卷盒）。他现在特别注意拍摄过程中和拍摄间歇的瞬间。

他给学生的忠告是："在按快门之前，要注视着你的拍摄对象。他们的自然动作往往会成为了不起的摆姿。"提姆·凯利不指导拍摄对象的摆姿，相反，他只是建议你让拍摄对象进入"摆姿区域"，然后就由他们自己去做了。这让他抓拍到了一种更自然、自发的感觉。实际上，凯利把他独特的肖像风格称为"捕捉瞬间"，相对于摆姿的肖像，这是一种近乎新闻摄影的风格。

当然，这与肖像摄影师从头至尾地控制摆姿的每一个细节的做法大相径庭。这种区别有点类似于传统婚礼摄影师与婚礼摄影记者之间的区别，前者90％的照片摆姿属于习惯风格，而后者依赖高速镜头、高速胶卷和记者的直觉抓拍婚礼上的情感。

引导摆姿

摄影师杰瑞·基恩尼斯说："我认为拍摄婚礼时，应该使一对新人在富有魅力的同时更要显得自然。我们从顾客那里不断听到的话是，我们的照片太好，好得都不真实了——太有魅力，不像没进行摆姿的；但又太自然了，不像是摆出来的。我不给我的顾客摆姿势，只是给他们一些提示，指导他们进入看起来很自然的状态。我会先选择灯光，再选择背景和前景。之后，我提示并指导顾客进入一个大概的状态里（浪漫的拥抱、随意的散步、让新娘整理她的面纱等等）。在拍摄过程中我似乎一直得到的是经过指导和不断变化的姿势，主要是依据不同人的不同特点而定。"

"我有一个我称之为'难道这样不是很好？'的原则。每当我对自己说：'如果新娘突然大笑，笑得眼睛都闭上了，而新郎依在她身上，难道这样不是很好？'我会要求他们这样做。有人会认为那样的镜头是故意做出来的，我就会说电影中的场景都是这样做出来的，谁会在乎照片是怎样拍出来的呢？结果好，手段就是正当的。"

新娘不会去评判照片中她的手指摆得多优美，照明或背景有多么完美。但她会评判她在画面上显得多好看。如果你

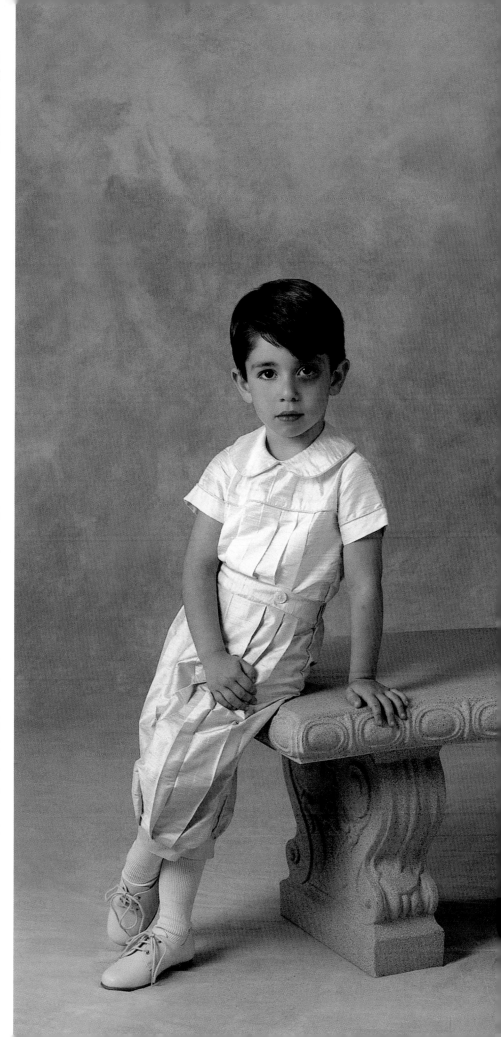

► 这是提姆·凯利的肖像作品中运用瞬间捕捉方法的一个杰出实例。它被取名为"穿上绸料灯笼裤就挨了一拳",这是一个很好笑的标题。凯利信奉捕捉自然瞬间的拍摄方法。这个摆姿很可人,表情若有所思,场景与人物的色调搭配得相当和谐。

能把照明和构图搞好,让新娘显得富有魅力,同时将一个自发的瞬间定格,那么拍的照片就会很受欢迎。

积极摆姿

肖像作品近来有一个趋势,即所谓的"积极摆姿"。这是一种停机-拍摄-摆姿——从一个连续的动作中把某个摆姿分离出来。这种摆姿在拍摄训练有素的模特儿时很有用,不过用来拍摄年纪小的拍摄对象也很有意思,可以哄他们在相机前面来回活动。放一些音乐常常有助于制造气氛,使拍摄过程保持活跃。

◄ 74页图：杰瑞·基恩尼斯对于怎样拍到好摆姿的观点很明确："我不给我的顾客摆姿势，只是给他们一些提示，指导他们进入看起来很自然的状态。我会先选择灯光，再选择背景和前景。之后，我提示并指导顾客进入一个大概的状态里（浪漫的拥抱、随意的散步、让新娘整理她的面纱等等）。"

► 布赖恩·金拍摄了这4幅照片，拍摄对象是一个玩得很开心的小姑娘。布赖恩是用音乐和夸奖哄得她露出这些难得的表情的。

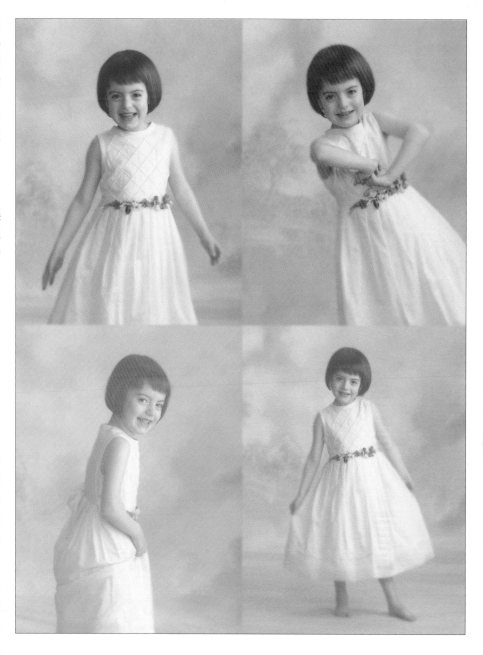

示范摆姿

　　向拍摄对象示范你向他述说的那个摆姿，是你们进行交流时非常见效的办法，它排除了在相机两侧双方不自然的障碍。你要运用自己的幽默感，特别是在向异性展示一个摆姿时更是如此。人的敏感和尝试各种摆姿的愿望是会打破交流障碍的。当拍摄对象看到你向他示范摆姿时，发挥他们的想象力也就不那么困难了。

摆姿策略：詹尼弗·乔治·沃尔克

　　詹尼弗·乔治·沃尔克是南加州地区一位前程无量的摄影师。她在圣迭戈通过从事风格自然、富有创造性的摄影艺术，形成了一个利润丰厚、经过挑选的客户群。尽管初入摄影大赛，但她很快就以其新颖和细腻的风格赢得全国性声誉。

　　她最拿手的一个技巧就是摆姿能力。在助手希瑟·瓦伦丁的协助下，詹尼弗整理出了自己的摆姿策略：

　　"在我为首次光临的顾客拍照时，我首先要做的是让他们感到舒适。针对我要拍摄的人，在他们来到我家里的摄影室时，一个简单、好客和激动的态度实际上已在影响着最后的成片了。

　　"从我开门迎客进屋的那一刻起，我的激动之情就很明显。我会说他们的到来使我非常高兴。我告诉他们，我们将作为一个团队共同达到同一个艺术目标。我给他们看我以前的作品，并告诉他们在他们的协助下，我们会一起创造出令人赞叹的艺术。我总是从简单描述我的照明设施开始拍摄工作，站位最好的地方在哪里，光从哪个方向来最好。这些都会使拍摄对象知道怎么移动和移动到哪儿。

的这张充满神秘感的照片的题目叫《拥抱希望》。詹尼弗既是肖像摄影师，也是画家，她创作艺术作品是给拍摄对象报酬的。她在谈及自己的作品时曾说："为了给拍摄对象一些他们从前没有见过的东西，我迫使自己创造性地工作。"这幅作品就是这样：戏剧性的摆姿和照明，拍摄对象紧紧地拥抱在一起。这幅图片摄自一个工作团体，詹尼弗曾与他们一起工作，试验改变人的肤色。她说："我曾整天在想，我们是谁比肤色更重要。你外在的肤色并不要紧，灵魂深处的美才是真的。我玩过人体彩绘——剧院用的那种，发现了这种叫做"得克萨斯土"的粉。它有各种颜色，让我想到在拍摄对象身上涂上不同于正常肤色的颜色。"

"我发现一次成功拍摄有两个最重要的元素，第一个是，指导拍摄对象；第二个是，不动声色地鼓励我想要的表情和态度。在指导拍摄对象时，我明白地告诉他们在哪里和怎样摆姿。我像模特儿那样给他们做示范，让他们照我的动作去做。一旦我站到了相机后面，我就细化摆姿，告诉他们把手放在哪里，等等。我这么做时很快，但却是用平静的声音说话。

"再后来，为了引出我需要的那种感情，我告诉他们正在扮演什么人，或者他们正在表达什么感情。仍然用平静与安然的声音，我就能诱导出我所寻求的感情，以及一种艺术性的表情。

"一位亲眼见过我工作的摄影师说：'我看见你用语言和眼神与拍摄对象沟通，诱导所要的感情。你用轻柔的声音对他们说话，要求他们做出你想在照片里表现的那种感情。你和他们一直工作到把他们带进了某种感情，并通过他们的表情，特别是眼睛透露出来。通常，你在诱导所要的那种感情时喜欢轻轻地播放背景音乐。你一开始就知道要在拍摄对象身上看到某种感情，然后你就让他们为此努力。你还为他们画出了一幅你想要的精神画面，你要求他们用眼睛讲故事。'"

摆姿策略：特里·迪格洛

特里·迪格洛是一位多才多艺的肖像摄影师，他从业时间长，干过多种工作。他设计出一种摆姿策略，把时装摄影师的精神与肖像摄影师的精确结合了起来。特里说，按照传统的做法，摆姿的程序是这样的：

1．为拍摄对象摆姿势；

2．设置灯光；

3．读取曝光参数；

4．向后站以观察拍摄对象，对服装进行细微调整；

5．移动相机，检查对焦；

6．要求做出某种表情，最后按下快门。

再看看时装摄影师的工作程序。基本程序是一样的，只是有些小变动而已：

1．退回来观察拍摄对象，在更衣室里对服装进行细微调整；

2．设置灯光；

3．读取曝光参数；

4．移动相机，为参与拍摄的模特儿设置对焦区域；

5．告诉模特儿摆姿的拍摄位置，移动并打开灯光；

6．要求做出某种表情，最后按下快门。

下面是特里·迪格洛的摆姿策略。他说这个策略介于照相馆肖像摄影师和时装摄影师之间：

1．安排好拍摄对象的位置，并确定摆姿。

a．拍摄对象站直，两腿站稳，面朝摄影师；

b．把重心移到后腿上，摆好前腿，膝盖微曲，这样更有动感；

c．转一下臀部，使摆姿具有流动性；

d．转动肩膀，后肩略低于前肩；

e．稍稍倾斜身子；

f．安排手的摆姿；

g．转动并倾斜头部；

2．放置灯光。

3．放置相机，选择拍摄区域。

4．最后一次检查曝光。

5．开始拍摄。和你的拍摄对象交谈。从最初的位置开始，然后说"这么转，把重心移到左腿上，右脚指向我，膝盖弯曲"，或者说"朝后靠在岩石上，头歪一点，脸向这边转！"等等，可以伸手帮他偏头、转头。

6．要求表情——记住，你的笑容在告诉他们你想让他们笑到什么程度！

7．用这一程序拍四五张照片。

8．在确信一个姿势拍好了以后，改变摆姿或相机位置，试着拍一个四分之三身长的肖像或头肩肖像。调整灯光、位置和服饰。

► 这是特里·迪格洛独特摆姿策略的一个好例子。峡谷在下午成了一个深洞，天光很高，呈深蓝色，使冷色调的蓝色光从上面直射下来。这种照明不很适合拍摄肖像。特里在拍摄对象高亮的一侧使用了一个 DP320 Allure Norman 灯和一个 22 英寸（55.88 厘米）柔光箱，以消除其头顶上方的光。DP320 带有全功率、1/2 和 1/4 的功率设置。拍摄这个画面用的是 1/4 的功率设置，并在上面安装了 4 英寸（10.16 厘米）品红滤色片增加闪光的色温。你仍然可以在拍摄对象所穿的黑色皮裤上看见天光的反光。特里使用了上面所说的摆姿策略，拍出了这张迷人的肖像。

第七章
群像摆姿

群像摆姿，无论人多与少，更多的是构图设计与技术问题，而不是单纯的摆姿问题。群体摆姿设计要考虑以下几个问题。

首先考虑的是技术性。你的构图设计必须使后面的人要尽量靠近前面的人，这样可以保证前排和后排的人全都处于焦平面之内，也就容易从前到后对焦。

设计群体构图的第二个考虑是要有美感。创作群体肖像同时也是在进行构图设计。诺曼·菲利普斯把为群体肖像摆姿比做插花。他说："有时候你想要拍挤在一起像一束花的面部；有时候又想让每个人之间的距离拉开，使之看起来不仅有动感，而且有意思。"换言之，构图设计本身有时才是重点所在。

第三个考虑是亲近性。你想让群体中的每个成员相互间离得多近？菲利普斯认为近距离表示友好，稍远距离则显得优雅。如果你安排一个松散的人群，你会有更多的空间，在群体构图里面可以形成流畅的线条和形状；而如果安排得紧凑，则意味着友好和亲密。

按等级安排摆姿

应该按照人员的地位、年龄还是体型的大小安排他们呢？这是在群体肖像摄影师当中争论不休的问题。

有的摄影师说，应该有逻辑地把一个家庭分为大组和小组。有的则说，如果按年龄安排，更有亲和力（老祖父在中央，两列安排秩序是儿子、孙子等等。家庭里越疏远的亲戚越靠外）。无论是哪种情况，每一个小组都要按体型大小安排每个人，才会形成最美观的构图。

很多摄影师认为，按块头和体型摆姿才能创造出最有趣味、最有吸引力的群体姿势构图。这对于婚礼照当然适用，只要新郎新娘在正中间，无论群体大小，也不管正式或非正式照片，按哪种方式组织都可以。这种方法也给摄影师提供了把群体中每个个体成员都拍得好看的最大灵活性。

头的高度与群体中的位置

紧挨着的两个人，或者前后站着的两个人，他们的头决不能一样高。在拍群体照时这一规则也适用。不仅人们的头应该在不同的高度，而且参加拍照的人也不能一样高。例如，一个5人的群体，应该有5个高度：一个人坐着，一个人站在左边或者右边，一个人

◄ 拉里·彼德斯拍摄的这张美丽的姐妹肖像摆姿是一个典型。妹妹靠在椅子上的姐姐肩上，形成一个漂亮的三角形，使整个构图和谐统一。注意姐姐手的摆姿——仅仅露出边缘以及腕部漂亮的曲线。背景被柔化了，每一张脸都经过专业加工，露出天使般的光彩。

► 在这张婚礼照中，几个人的头几乎一样高。摄影师微微地倾斜相机，就聪明地引进了一条斜线，然后选择了一个低于正常角度的视角拍摄。焦点自然是放在新娘的脸上，结果就拍了一张包括新娘和伴娘在内的生动群体肖像。摄影：米歇尔·赛林塔诺。

▼ 打破规则可能会很好玩，当你意识到自己故意这么做的时候更是如此。乔·比伊辛克拍摄了这两个并排的漂亮面部。为什么这样完全对称的画面还这么迷人？也正是因为它对称吧。

坐在椅子的扶手上，一个人跪在椅子旁边，还有一个人盘腿坐在这几个人的前面。永远想着要有多层次的高度。这会使任何一幅群体肖像的构图都更悦目。

至于一个人与另一个人头部的亲密程度，要的是协调。两个人的头不要挤在一起，也不要离太远。头与头之间要保持相等的距离。如果拍摄的是一个人坐着，一个人站着，另一个人坐在椅子扶手上（就让两个坐着的人把头靠得近一些），然后后退一些拍摄一张全身肖像。这样就会最大限度地减少站立者的头距离另外两位太远的影响。

摆姿的对话

用行动演示你想要每个人做的摆姿，比你用嘴描述要容易得多，也省时得多。一旦达到了你的要求，就等待他们完全忘记自己是在拍照。一旦忘记在拍照，就是他们露出真我的时候。

一定要积极，并始终掌控全局。一旦失去对一大群人的控制，就很难甚至不可能再控制他们了。

跟你的拍摄对象说话，告诉他们看上去有多好看，而且你能感觉到他们的特殊感情（或任何你认为最合适的话）。让他们知道你欣赏他们，把他们当作特殊人物看待，诸如此类的话。假如你所追求的是亲密，就告诉他们这样去做。这么说听起来有点矫揉造作，可是如果它使你的拍摄对象完全放松了，你这么做就很好。

小群体

两人像　最小的群体是两个人。不管它是新娘和新郎、兄长和妹妹，还是爷爷和奶奶，基本的构图原理都是一个人要比另一个人稍微高出一些。一般来说，位置高的那个人嘴巴的高度应在位置低的那个人的额头处。很多摄影师推荐"嘴眼同高"作为理想的起点。

虽然两个人可以平行摆姿——他们的肩膀和头都转向同一个方向（例如，为一对双胞

▲　乔·比伊辛克创作了这幅新娘和新郎共舞的肖像作品。作为一张亲密摆姿的照片——舞中之吻，其构图是完美的。注意：一对新人不再是作为两个个人来看待，而是作为一个整体。

▶　乔·弗图创作了这幅动感十足的肖像照。在雾气茫茫的大峡谷里，一对新人在马背上留影。你可以看见光来自峡谷的两侧（注意：新郎前额两侧的高光）。色彩纠正十分重要。他是用 Nikon D1X 相机，80～200毫米镜头，设定在170毫米，光圈 f/2.8，快门速度 1/400 秒。

胎摆姿），但如果把两人的角度摆成45度角，拍出的照片更生动有趣，两人的肩膀朝里面对面。通过让他们靠近或者分开，你就可以拍出很多变化的摆姿来。另一种二人亲密摆姿是两个人面对面的侧面图，还是应当一个人略高于另一人，使他们的眼睛之间形成一条隐含的斜线，让肖像具有方向感。还有，由于这种画面常常是特写，你会让额头大致平齐，这样才可以同时为两张脸对焦。

使用带扶手的椅子你就可以让一个人坐着，通常是男士；另一位坐在扶手上，身子朝后倾向较远的那个扶手。这样他们的面部离得很近，可是却不在一个高度上。这种摆姿的另一个变化是，让女士坐着，男士站着。然而，如果他们的头离得太远，你应该后退拍摄全身照。还有，当你让女士坐在椅子里的时候，她的手应当放在大腿上，使其手腕、大腿和臀部显得苗条些。她的坐姿应该与相机有个角度，应该将离相机远的那条腿的小腿"藏"

在前面那条腿的后面。似乎这是女士会自然摆成的姿势。

相对于这里举出的这么多例子，你还能想出十倍以上的变化姿势。当你研究其他摄影师拍摄的两人群体肖像时（本书中就有很多这样的照片），你会看到两人摆姿还有很多非常生动的摆法。

加一个第三者 3 人群体肖像仍然是小而亲密的类型。这种类型会自然而然地取金字塔形或钻石形的构图，抑或是倒三角形的构图，这些都是悦目的形状。不仅要调整脸的高度，使

◄ 斯蒂芬·皮尤抓拍了这两个快乐的小孩在偷窥婚礼。一前一后是拍摄两人像的最好安排。椅子背上的隔栏创造了一个有趣的重复图案。观看者的眼睛会不由自主地去追随它们。

▼ 这张不同寻常的肖像是杰瑞·基恩尼斯拍摄的。他从上方拍摄这个场景，在画面里加进了赛车长长的斜线。从他们头顶的上方，可以看见停车场上的白线，它是图像的一道边界，并平衡了汽车的斜线。拍摄对象表现出来的亲密摆姿自然得好像旁边没有摄影师似的。

▲ 詹尼弗·乔治·沃尔克在采访画中的这几个小女孩时，拍摄了这幅名为《小姐妹》的肖像作品。她们的面部正好构成一个三角形。作为观赏者，你忍不住要一张面孔一张面孔地看。构图从整体上看，这是一个大金字塔形，中间又加了一个主要的三角形状。她们的表情很美，各有不同，反映了不同的个性。

每个成员在不同的水平线上，还要利用群体边缘处的肩膀曲线，作为把群体聚拢到一起的手段。

一旦加上一个第三者，就要注意构图中随之而来的线条和形状的交叉问题了。作为视觉练习，把穿过 3 人肩膀或面部的隐含线好好策划一下。如果这条线明显或参差不齐，就要调整构图，使线条更加流畅，边缘更加柔软。用一个简单的办法，如把 3 人中最后面的那位或位置最低的那个人向里动一下，再看看有什么效果。

尽量尝试不同的结构。例如，让不同高度的 3 人面部形成一条斜线并紧挨着。这是一个既简单又让人看着舒服的构图设计。构图中一条清晰有力的斜线，会使观赏者在理解了画面以后还会不由自主地久久注视着它。再次调整群体的结构，让在斜线两端的人把头向位于中间的人稍稍倾斜，这一个小小的调整会使画面完全改观。

试试俯视图如何？让 3 人聚到一起，找一把梯子或其他制高点，你就又获得了 3 人构图的一个可爱变化。

当你在两人组里加上一个第三者后，仅仅手和腿的数量就成了一个问题。一个办法是，只显示每个人的一只胳膊一条腿。这是个很高明的建议，特别是当几个人穿的服饰相似时，这不失为一个明智的建议。显示的手太多，就弄不清楚哪只手是哪个人的了。一般来说，外面的手（离相机最近的）应该让人看见，而里面的手从构图角度来说很容易藏起来。

3 人以及人数更多的群体在考虑群体本身的构图以外，还可以更多地利用设计元素。熟练的群体摄影师会将建筑元素、山水、花木、门窗、拱道以及家具等自然元素综合利用起来。

在你向群体中再增加人时，要尽可能保持胶片平面与群体的平面平行，使画面中的每个人都清晰。在本章的最后部分会更详细地叙述对焦的问题。

加入第 4 个人 这么做会使拍

摄更加有意思。当你拍摄了很多群体照片以后，就会发现为偶数群体比为奇数群体拍摄困难得多。给3、5、7、9个人摆姿比给与之相邻的几个偶数个数的人摆姿要容易得多。原因是，人的眼睛和大脑易于接受奇数的不规则性而不易接受偶数的不规则性。

为4个人拍摄时，你可以简单地在上述3人摆姿的基础上加一个人。但是要记住下面的几条：第4个人眼睛的高度不能和群体里另外那3人中任何一个人相同。还有，要认识到你现在是在构图里组织形状。要从金字塔形、倒三角形、钻石形和曲线等方面来考虑。要注意身体各个部位的线条形成的隐含线（例如，一只胳膊的线条向上，通过几个人的肩膀，到群体另一端的一只胳膊线条要向

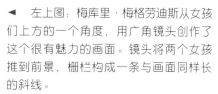

◀ 左上图：梅库里·梅格劳迪斯从女孩们上方的一个角度，用广角镜头创作了这个很有魅力的画面。镜头将两个女孩推到前景，栅栏构成一条与画面同样长的斜线。

◀ 左下图：一个3位成员的群体，常常取两位在外面、呵护中间的一位的构图。这是弗兰·瑞斯那拍的，但是他又拍摄了在背景中的一辆自行车，作为附加的起均衡作用的一个元素，使画面有了视觉非对称平衡。画面最后经过Painter的处理。

▼ 下图：这张幸福的全家福是克雷·布莱克莫尔拍摄的。漂亮的三角形使观看者的眼睛从一张面孔转移到另一张面孔。主要使用自然光外加辅助闪光。

下），与你用每个人的面部构成的形状同样重要。

　　4 人群体的一个极好的摆姿就是，3 个人形成一条大弧线，第 4 人加在第一人和第二人之间，位置稍低。

　　如果第 4 个人穿的衣服与另外 3 人不同（这是常有的事），也可以让他稍微离开 3 人，以示强调，而不会打乱其他 3 人服饰颜色的和谐。

　　当 4 人组中有两位是小孩时，可以把他们"装饰"在成人的两侧，组成一个悦目的三角形。例如，小孩离大人很近，但仍在群体的外侧，那就让他们身体朝里倾斜，靠着大人，看上去还是整个构图的一个部分。

5 人和 5 人以上

记住，底部宽于顶部的构图总是比较好看。所以第 5 个人应当摆在能够加长群体底部的位置。

　　还要记住，照片中的每一条隐含线和隐含形状都应当由你自己设计，有其用意。如果线条不合乎逻辑（即它们没有视觉上的意义），那就重新安排拍摄对象，从头开始。观众的眼睛不应该在画面上漫无目的地游荡，而是应该受你在构图中设计的线条和形状的引导。

　　试着在你的构图中构成 S 形和 Z 形。它们形成最好看的形状，会把观赏者的目光留在照片之内。还要记住，斜线在画面里最有视觉力量，是摄影师手中最有潜力的设计工具之一。

　　不同高度的利用可以创造出有趣的视觉感，让观看者的眼睛从一张面孔跳到另一张面孔（只要构图安排合乎逻辑并有悦目的流动性）。面部的安排，不是身体，最能体现出构图是否悦目

▲　马科斯·贝尔决定给这个群体的人玩笑的、舞蹈的和胡闹的"摆姿"。时机感与导演精神让这幅画面使人过日难忘。由于左边和右边的男士们处于"停滞"状，眼睛就可以泰然地在不规则形状的构图中滞留了。

和有效。

　　当群体加上第 6 个或者第 8 个人时，为了取得最好的效果，群体仍然必须呈现不对称性。最好的解决办法便是，延长弧线并加大空间把增加的人安排进去。

大群体

　　群体的人数超过 9 人，就不再是小群体了。照明、摆姿等问题的复杂性和难度增加，如果你不随时加以控制，便会引起混乱。在拍摄大群体肖像时，最好在心中永远都有一个

◀ 左上图：詹尼弗·乔治·沃尔克是一位超级群体摄影师。在这张名为《创造和谐》的画面中，她把几个很不相同的孩子结合到一起，穿上一样的衣服，拍进一张漂亮而和谐的肖像里。增加的第4人通常成为已有构图的附属物，只是增加照片的长度。而在本图中，则形成了一个漂亮的三角形。注意，构图中的眼睛要处在不同的高度上，造成一种视觉美，看上去要错落有致。

◀ 左下图：这张漂亮的家庭肖像照随着沙丘的曲线摆姿。家庭成员身上穿的衣服颜色搭配得非常协调，画面利用 Corel Painter 进行过水彩处理。用最简单的活动就能吸引住拍摄对象的注意力。摄影：伊丽莎白·霍曼。

一点。永远要让每一位成员在他们的胳膊与身体之间留有一定的空隙。方法是把手放在臀部，假如是男士，就让他把手插在口袋里（但要露出拇指）。

在给真正很大的群体拍照时，服装的协调问题可能非常头疼。常常是，把群体分成几个小组最好——例如按家庭分组，然后再让他们搭配衣服的颜色。比方说穿卡其布裤子和黄色上衣的一家人可以安排在穿牛仔裤和红色上衣的另一家人旁边。

重要的是，拍摄对象摆出的摆姿要自然、舒适。即使是有拍摄大群体肖像经验的摄影师在助手的协助下，安排一个

方案。

拍摄更大的群体时，要求你使用站姿，并常常与坐姿和跪姿结合起来。取站姿的人起码要和相机有一个20度的角度，这样他们的肩膀才会不与胶片平面平行。小孩例外，他们的两个肩膀正对相机时才会更加引人注目。

拍摄站立者要特别注意掩饰其宽大的臀部和躯干，常常是利用群体中的其他人做到这

20 人以上的大群体也要用 10 来分钟的时间，所以让拍摄对象的姿势舒适就尤其重要。不用提示就能做出的自然摆姿是最好的摆姿，并能随时摆出来。

群体保持注意力并能和你步调一致也很重要，这就是你要对摆姿负责的原因。现场最大的声音——人们都要听到——应该是你的，尽管你不应该冲着人群大声嚷嚷，而是应该自信、积极地控制局面。

在拍摄自然摆姿时，把你的控制延伸到错误的拇指和手上。做一次全面检查，沿着垂线轴和水平轴把群体划分开，以确保摆姿中不会出现没有料到的情况。

► 右上图：肯·斯柯鲁特是拍摄庞大群体肖像的大师。在本图中，他安排了一个三角形构图，新娘处于两条倾斜的弧线之间，迫使你的眼睛自然地向上去看她。并在侧面使用闪光灯作为辅光，形成很好的面部造型光。场景当时临近中午，可能是一天中最差的拍摄时机。

► 右下图：这张肖像是麦克尔·泰勒拍摄的洛杉矶小学的群体教育。群体松散，没有面对镜头的孩子也没有看相机——这是为了不让他们在画面中显得突出。注意，构图中对几个重叠三角形的运用。

相连的形状

在为6个人以上的群体拍照时，你应该开始在构图中使用相连的图形了，像相连的圆圈和三角形。例如，一个7人群体的摆姿可以是两个相连的钻石形状（紧挨着），处在中心的那个人是

两个钻石形的组成部分，这样就把两个钻石形连在一起了。像这样结合的形状要想组合成功，就把这些形状都转向中心——左边的钻石形状朝中心转一个20度的角，右边的钻石形状也朝中心转一个角度。

群体肖像中手的摆姿

在群体肖像中，手可能会成为一个问题。尽管手的形状不大，可是却很招人注意，尤其是在身着深色服装的时候。在取坐姿的人群中，手就更加成为问题了，一眼看上去，你可能会认为手的数量比应有的数量多。

通常的经验是，要不就露出手的全部，要不就一点不露。不能只露出一个拇指，或者半只手，或者几个小指头。尽可能多地把手藏在花朵、帽子或者其他人的后面。要注意这些分散人注意力的潜在因素，并且要在你曝光之前，当作画面视觉问题探寻一番，将它们找出来。对于男人有一个小窍门，就是让他们把手放进衣兜里，如果有袖口，就把它露出来。这个摆姿的另一个花样是，把大拇指露在衣兜的外头，这样就在肘部形成一个好看的三角形，使观赏者可以很

◄ 左上图：拍摄诸如婚礼全景这样大场面的肖像照，常常需要做些妥协。丹尼斯·欧查德要拍下整个人群和环境气氛，唯一的办法就是用一系列闪光灯和一个非常广的广角镜头，差不多已是一个鱼眼镜头了。墙壁变形了，被挤压到画框边缘的人也变形了，但是他把整个群体都拍进了画面。新娘在中心位置，所以她没有变形。

◄ 左下图：这张照片向你显示怎样让大群体像小群体的人那样行动。麦克尔·泰勒实际上拍摄了4组人群，用密切接触将中间的两组人联系到了一起；拍摄出一个对称平衡很好、色彩搭配得当的家庭肖像作品。这张照片摄于下午傍晚时分，几乎觉察不到在相机所在的位置使用了闪光灯。背景温暖的光辉就像发型光，使每个孩子身上都发亮。

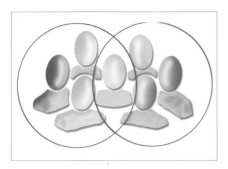

▲ 左上图：在这个示意图中，你可以看到某些人如何同时成为一个或多个小组的成员。例如，两个呈钻石形状的群休都靠中央的那个人将他们"联系"起来，这样才在构图中将他们变成了一个整体。谢尔·多米尼加·尼格罗绘制此图。

► 右上图：弗兰克·弗罗斯特拍摄了这张肖像作品。他使用了动感构图（在画面中有两个相交的三角形），而且用光优雅。漂亮的色彩配置和表情让人对这幅肖像过目难忘。

► 右下图：在弗兰克·弗罗斯特所拍摄的这幅群体肖像作品中，每个成员的至少一只手可以看见，并且都是符合逻辑地摆放着。手插在兜里，但露出大拇指，使人能看见的是手而不是被截断的手。另一只手藏起来，从而简化摆姿。

明显地知道手在衣兜里。对于女士，尽量让她们把手放在身后，或者用其他人的身体遮住她们的手。

拍摄的群体越小，就越要摆好手的姿势。在这样的情况下，要记住的规则是：决不拍摄直指相机镜头的手（这会使手变形），永远让手与镜头有一个角度。

协调服装

群体肖像的构图有时会受拍摄对象的服装所支配。比尔·麦金托什是位擅长协调环境的大师。他在谈到计划时说："不管你的艺术素养与摄影技巧多

么好，拍出伟大的作品还需要有一个元素，那就是——色彩和谐。"

在麦金托什的肖像作品中，服饰的颜色与风格搭配得非常和谐。他说："我确保服装既适合拍摄对象，也适合所选

择的环境。"比尔确信任何因素都搭配好了。"拍摄前讨论服装式样所花的时间很值——无论是正式还是随便的——然后建议顾客穿他们喜欢的某种颜色的衣服，而且这种颜色也会使肖像显得和谐。"

▲ 比尔·麦金托什在组织家庭群体肖像的拍摄上是一个怪才。他一般都会召集一个家庭会议，在会上决定服饰问题——他甚至会要求看看这些服装，以便于他进行混合与搭配。这张照片于黄昏时分摄于弗吉尼亚州的弗吉尼亚海滩，他用一盏闪光灯作为主光，并用"天上的巨大柔光箱"作为辅助光。

假如拍摄对象体重一般或者偏瘦，摄影师们就最喜欢用白色。如果群体很大，一律的白颜色会使人们的脖子和身躯显得比实际的大出许多。从经验中得到的一般做法是，穿白色或淡色的服饰，会增加10磅（4.54千克）体重；穿深色或中性色彩的服饰，会减少10磅（4.54千克）体重。

单一颜色的服装，冷色或中性色彩的服装以及带长袖子的服装总是显得好看些。冷色，像蓝色和绿色不显眼；暖色，像红色、橘红色与黄色，则很醒目。冷色或者中性色彩（像黑色、白色和灰色）会突出面部，使它们在画面中显得更温暖，更让人爱看。

群体服装的颜色应当相配。例如，一个家庭的成员应该穿正规或不正规的套装。在拍婚礼照时这很容易做到，因为每个人穿的衣服大体相近，正规而又得体。这时你已经赢了一半。难的是给这样的群体拍照：一些人穿西服打领带，另一些人穿牛仔裤和马球衬衫。

鞋子的风格与颜色也应该和一个人的穿着服饰相称。记住：深色的套装要和深色的鞋袜相配。

群体表情

制造自然笑容的一个最好的办法是赞扬你的拍摄对象。对他们说他们是多么好看，你是多么喜欢他们的某个特征。

通过赞美和真诚帮助他们建立信心，会让拍摄对象发出自然、真实的笑容，连他们的眼睛也会笑。

嘴和眼睛一样具有表现力。要密切注意拍摄对象的嘴，确保没有紧张的表现，否则会使肖像看上去不自然，像是摆出来的。如果你看到人群中的某个人需要放松，就要用一种平静的口气、积极的态度直接跟他或她说出来。宽松的气氛最能消解紧张，这样拍出来的照片也具有同样的宽松气氛。

明显要避免的事

肖像摄影师在群体肖像中可能犯的一个最大的错误，是把背景中的某个东西拍得好像是从某个人身上长出来的。

虽说这是业余摄影师才会犯的错误，实际上许多专业摄影师时不时地也会犯同样的错误。问题就在摄影师没有做最后的全面检查。这就是为什么你必须对群体的轮廓全面检查一遍，确保你看到了背景中的所有东西。

要特别注意那些明显的垂直物体，如浅色的柱子，还要注意倾斜的物体。即使这些东西不清楚，但如果它们色调比较突出，也会影响甚至会完全破坏一幅漂亮的构图。一个更有效地控制画面背景的办法是，在拍摄肖像之前，把你要使用的场地仔细地侦察一下。在合适的时候检查光线，并为一两个小时后光线的改变对背景所产生的影响做好准备。

调焦

转换焦点　在确定了镜头的景深、拍摄距离以及拍摄光圈

（通过检查镜头上的景深表）之后，你就能确定把所有的人都拍摄清晰的范围了。例如，拍摄对象与胶片面的距离是120英寸（3.05米），镜头焦距80毫米、光圈设为f/8，假设将会产生一个从120～148英寸（3.05～3.76米）的景深，有效景深是28英寸（0.71米）。

景深大致落在焦点之前和焦点之后各一半处。在上述的例子中，如果你把焦点放在群体的前排上，那么至少全部景深的一半会落在群体的前面，拍摄对象所在区域的有效景深减少了大约14英寸（0.36米）。然而，如果把焦点放在群体的中间处（从前排到后排），就可以扩展景深，有效利用全部28英寸（焦点之前14英寸，之后也是14英寸）。尽管你可能会把焦点放在前排的人身上，但不管你用什么光圈拍照，只有当你把焦点转换到群体的中间时，调焦才最有效。

上面所说例子的意义对于群体拍摄来说很关键，因为要把每个人都放进狭窄的焦平面上（在上面的例子里，是28英寸），你必须纠正群体中每个人的摆姿。正如上图所示，群体中后面的人向前倾，前面的人稍稍向后仰，这样所有的拍摄对象就都在你的有效景深里了。

让胶片面和群体面平行 假如你拍摄的群体太大，空间不够

▶ 右上图：所有的优秀肖像摄影师都会在拍照前询问拍摄对象喜欢做哪些活动。塔米·罗亚在这里把这一要求提高了一个层次：指导家人打扑克，并充满了各种笑料。拍摄的结果颇有罗克韦尔［诺曼·罗克韦尔（1894～1978），美国著名插图画家——译者注］的绘画效果。背景光发亮，成为每个孩子的发型光。

▶ 右下图：在这个家里谁是丑角，一眼就能看出来——真正的问题是，在画面以外的摄影师杰瑞·基恩尼斯才是这个画面的指挥者。给孩子拍照，恰到好处的机会往往十分难得，所以为此花费时间是值得的。基恩尼斯关于摆姿的理论道出了这幅照片的创作理念："我觉得自己是一个正好拿着相机的导演，而不是偶尔作导演的摄影师。我喜欢简单而富有感染力的画面。我不仅仅只等待时机，而且要创造时机。"

▲ 上图：让前排的人向后倾斜，让后排的人向前倾斜，就能有效地缩小焦平面，更好地利用有效景深（此图案出自诺曼·菲利普斯先生的创意，由谢尔·多米尼加·尼格罗先生绘制）。

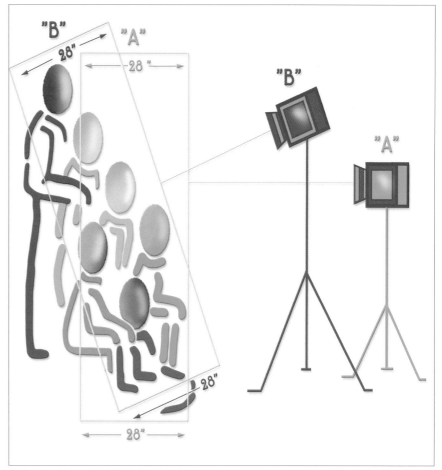

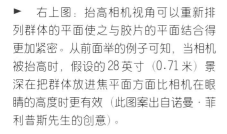

▶ 右上图：抬高相机视角可以重新排列群体的平面使之与胶片的平面结合得更加紧密。从前面举的例子可知，当相机被抬高时，假设的28英寸（0.71米）景深在把群体放进焦平面方面比相机在眼睛的高度时更有效（此图案出自诺曼·菲利普斯先生的创意）。

无法拍摄，一个解决办法就是升高相机的高度，然后从上向下拍摄，这样胶片平面就与群体平行了。这样做不会改变景深的大小，拍摄距离、镜头光圈也不用变，仍然是28英寸（0.71米，和上面说的例子一样），但却可以充分利用景深为28英寸的焦平面。

别指望你能从二楼窗户或阳台上向下拍。你很难找到合适的窗户或阳台。因此，拍摄大群体要必备一个活梯；实际上，在你拍婚礼群体像的工具中，它应该成为永久性的工具。

活梯给你一个高角度，让你能够把众多的人拍摄到一起，安排得像一束花。活梯也会让你把相机抬高到刚刚使你能使群体的平面和胶片面积平行，更好地控制景深。活梯还可以纠正低角度拍摄时造成的透视变形。

活梯可以帮助你解决这么多问题，但是还有一点要注意：如果地面下陷或你倾斜的方式不正确时，让你的助手或某个强壮的人扶住活梯。草地，特别是雨后或浇过水的草地会使活梯的一只腿陷进地里。看着你狼狈地从梯子上下来，会引发极有价值的群体表情，但不幸的是，你却无法拍到它。

最近有过度使用活梯的趋势。所以，当你确实需要，或者你想使自己的群体肖像有所变化时你就使用，不要每次都使用活梯。

第八章

室内与户外照明

人的面部是由很多个小平面组成的，但没有一个平面是真正平整的。面部是有立体感的圆形，肖像摄影师的工作就是表现脸的轮廓和形状，而这一工作主要靠亮区和阴影来完成。亮区就是被光照亮的那些区域；阴影就是没有光照的那些区域。亮区和阴影共同作用表现丰满，显示形状。

除了表现立体感，照明与摆姿的关系也非常密切，因为没有真正掌握照明技巧，你就不可能美化和完善最好的摆姿。而且，照明是摆姿的延伸，特别是掩饰性摆姿，可以选择某种

照明来掩饰或美化拍摄对象身体或者面部的某个特别之处。

室内照明

主光与辅光　　主光和辅光无论是在反光器还是散射器里，诸如抛物面反射器、反光伞或者柔光箱等，都应该是高强度光。

盘状反光器（常被叫做抛物面反射器）是镀银的"盘子"，能够把光聚焦在里面并以聚光的方式最大限度地向外反射光线。从抛物面反射器反射出来的光仍是很亮的光。它产生清晰的亮区，在阴影的边缘有一道明显的界线。未被散射的光

照出的整个亮区内，常常还有一些细小的反光区域——这一现象通常被称为亮区光泽。大多数摄影师不再使用抛物面反射器，而选择散射的主光和辅光光源。

散射光的光源利用装在反光伞或柔光箱里的小型反光器，把光聚焦在散射器最外面的半透明表面上，散射器可能会很大。把拍摄对象照亮，散射光比没有被散射的光更好用。不管它们叫柔光箱、反光伞、条形灯还是制造商为它们取的其他名字，这些散射装置只有一个功能：改变输出光的

▶　大卫·班特利拍摄了这张漂亮的高调肖像。在拍摄现场使用了一块带花边的白色窗帘，柔和的光线透过窗帘洒满拍摄现场。在这个例子中，主光来自拍摄对象的身后。在拍摄对象前面有一个柔光箱，照亮了所有的阴影区，产生的光比为2:1。使用离拍摄对象很近的柔光照明，可以产生漂亮的环绕光，几乎没有阴影。大卫提高了亮区的曝光水平，使照片效果保持高调。这个摆姿简单又可人。

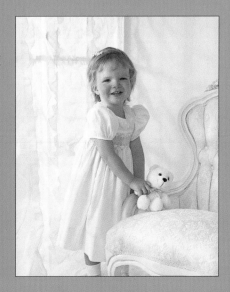

照射方向。当光经过这些仪器的散射材料时，立即折向多个方向，由此而形成散射。被散射的光不仅变得柔和了，光的强度也大大地降低了。其原因是：原有的光线朝着无数个方向折射，光线自然极为分散，强度就失去了。

反光伞和柔光箱是大部分肖像作品照明的理想手段。单个柔光箱会产生漂亮的柔和边缘光，这种光宽容度很大，其特点是产生大片优雅的亮区，光比低，射光漂亮。要想使柔光箱或反光伞产生较好的效果，光

◄ 左上图：在左边的这两张照片里，你可以看到使用直射光与散射光的区别。左上图是利用高度散射光的典型：光环绕着拍摄对象的面部轮廓。光源好像来自窗户，没有明显的辅助光。顺便说一句，这是一个平光照明的典型例子，面部的大部分是被主光照亮的。摄影：弗兰·瑞斯那。

◄ 左下图：安东尼·卡瓦拍摄了这张令人印象深刻的模特儿肖像。他最近以她为模特为某个出版物拍摄了一些照片。安东尼把抛物面反射器放在模特儿的右侧照亮她的身体，然后，他又用集束灯（用以把光束变窄）照亮她的面部。抛物面反射器和集束灯产生的光线比柔光箱和窗户光强烈得多。通过仔细观察在背景两侧的深色阴影和她颈部能够反映用光模式的明显阴影，直射光不仅产生明显的阴影，而且还在勾画了轮廓的面部形成有层次的亮区。注意模特鼻梁和额头上的光泽。

▲ 俄亥俄州库伯利工作间的布赖恩·金喜欢使用柔和光。他不是使用 7 英尺（2.13 米）柔光箱里的超大闪光排灯，就是把工作间 3 个大窗户当作巨大的环绕式柔光箱使用。在他拍的这张大学生肖像中，他在 Photoshop 中把这种柔光的对比度进一步柔化，除了面部的光，其他地方的光线全部柔化了。无论何时把窗户光当作主光，都要在面部附近放一个大反光器。

► 班比·坎特雷尔创作了这幅经过大胆剪切的肖像，突出了模特儿的头发和颈部的线条。他使用了一个离模特儿很近的巨大柔光箱，并在相机右侧放了一个反光器。如果仔细看，你就可以看见模特儿的虹膜上光源的反光。

源应离拍摄对象近一些。离得越远，散射的效果越差。

反光伞因内部色调不同而有差别。内部镀银或者镀金的反光伞产生的光比白色的反光伞产生的光更亮，方向性更强。镀银的反光伞也会在面部的亮区里显出细小的反光。有些被称做斑马条的反光伞配有银白相间的镶板，它们反射出的光全是带有反光亮点的柔和光。

无论哪种反光伞都需要"聚焦"。调整反光伞露出的轴的长度，就可以获得理想的光输出量。在为反光伞聚焦时，应

▲ 放在模特儿和背景之间的背景光是一盏小灯，其作用是将背景和拍摄对象分离开，同时在肖像中制造出一种深度感。发型光用来在头发上增加微妙的亮区，同时也提供立体感。摄影：罗伯特·利诺。

我有时也会用镀银反光器做辅光，而不用反光伞。我们的窗户光由3个3英尺×6英尺（0.91米×1.82米）的窗户组成，相距不到2英尺（0.61米）。我使用主光拍摄时，尽可能地靠近拍摄对象。由于柔光箱的尺寸和距离很近，眼神光（在拍摄对象眼睛的虹膜上形成的反光）就大，而且大多数时候非常好看"。

发型光和背景光 发型光放置在拍摄对象的头顶后方。在过去，它通常不是散射光而且带有挡光板（附加在照明设施上可以调节的金属片，控制照射出来的光线的宽度）。现在常使用小型散射光源如条形灯，安装在吊杆座或者天花板上的照明系统上，用来照亮头发和背景。发型光主要是用来在头发上形成亮区，以增强肖像的深度感和立体感。

背景光是用来照亮背景的，把拍摄对象与背景从色调上分开。背景光有时是未被散射的光，通过安装在支架上带挡光板的反射器照射出来，直接放在拍摄对象背后一个相机拍不到的地方。背景光也可以是一个安装在吊杆上的散射光源，从画面以外的高处一侧照射（或者是两盏灯从两侧照亮）背景。

应当注意的是，背景光、发型光和轮廓光（从背后照亮拍摄对象的另一种光）的强度不应该超过主光。假如主光发出的光强为f/8，那么，背景光、发型光和轮廓光的强度就应当是f/5.6或者是f/4。否则，这些光就会超过主光，破坏"一种光"的效果。

反光器 反光器包括任何较大

当参照模型光，这样你就可以看到经反光伞表面输出的光量是多少了。当灯光的周长约等于反光伞的圆周时，反光伞的聚焦就完成了。

柔光箱高度散射，在照明灯表面加上双层纱幕（散射材料）后，就形成二次散射。有些柔光箱内置多个电子闪光灯头，以增大功率和光的亮度。

柔光箱不一定聚焦，因为箱内灯光已处于最佳拍摄效果的位置了。

布赖恩·金使用非常柔和的光为他的拍摄对象拍摄。结合在Photoshop里做一些最低限度的修描，他以柔光为主调拍摄的容貌很有特色。"我尽量使用简单的照明。当我拍摄大特写镜头或利用窗户光时，

的白色、镀银和镀金的反射面，用来把光反射到拍摄对象阴影区。现在可以买到各种各样的反光器，包括可装在口袋里随身携带的折叠式反光器。镀银面和镀金面的反光器比不光滑的白色或半透明的反光器反射的光要多。镀金面的反光器用于在户外作辅光照亮阴影区最理想，在阴影里需要暖色调的辅助光。

在使用反光器时，应当把它放在拍摄对象面前不远的地方。注意不要放在脸的旁边，那样就像是从主光对面照来的二级主光。放置合适，反光器就会反射一些主光，并将它投射到面部较暗的一侧，即使是最深的阴影也会显出细节。

平光照明和狭光照明

平光照明　肖像照明有两种基本的类型。平光照明是指主光照亮面部朝向相机的一侧（从相机看去，是看到面部较多的那一面）。平光照明使用得不如狭光照明频繁，因为它使面部非重点的一侧轮廓显得过于呆板。正如我在第九章里描述的那样，平光常常是纠正性使用，用来使过瘦或过长的面部变宽，或者是照亮一个瘦子。

狭光照明　狭光照明是指主光用来照亮面部偏离相机的一侧。狭光突出面部的外部轮廓，可以用作纠正性的照明技巧，把过宽或过圆的面庞变窄。与微弱的辅助光一起使用时，狭光照明会产生戏剧性的照明效果，有强烈的亮区和很深的阴影。

在使用散射的主光时，平光照明和狭光照明的区别，不像使用未被散射的主光时那么显著。

光比

光比是指面部的阴影区和

▲　上图：Lastolite 反光器有一个方便手握的把手，这样独自一人工作的摄影师也可以轻易地用一只手操作它。照片由 Bogen 的 Lastolite 公司免费提供。

▶　右图：麦克·科隆利用经过滤的阳光，以及正在为男孩调整扣子的新娘（被剪掉）礼服的反光为自然辅光拍摄了这张出色的肖像。这张照片的光比是合适的 3:1。可以看出，离得很近的辅助光把经过滤的阳光形成的阴影减少到了最小的程度。

明亮区之间光的强弱差别，其表达方式为比率，例如3:1，即是说面部的明亮区的亮度为阴影区的3倍。

光比之所以十分有用，是因为它们决定着肖像画面整体对比度的大小。它们不决定场景的对比度（这一点由服装、背景和面部色调决定），而是决定在拍摄对象身上测定的照明对比度。光比表明在最终肖像作品中能显出多少阴影区细节。

测量光比时，用手持式入射曝光表先测出面部两侧的辅助光强度，再测被主光照亮的面部一侧的强度。

如果辅光在相机旁边，它会向面部每一侧（包括较暗的一侧和被照亮的一侧）都照射1个单位的光。然而主光只照亮面部明亮的一侧。如果主光的强度和辅助光相同，那么它们的光比就是2:1。

◄ 弗齐·丁克尔利用傍晚前美丽的阳光，为这位正在弹竖琴的大学四年级学生拍摄了这张正式肖像。低角度的太阳将其塑型光照到拍摄对象的身上。弗齐把一个暖色调的反光器从左侧对准她，为她的左肩和后背勾画出一道优美的轮廓。特别是在用直射光时，镀金的反光器在反射直射光时，可以产生很强的亮区，如本图所见。

► 99页图：杰瑞·基恩尼斯拍摄的这张题为《粉红》的杰出肖像，用狭光照明描绘出了女人面部的美丽曲线和轮廓。主光是一盏安装在反光罩里的灯，其光线未被散射。使用时也没有增加辅助光，以形成经典的蝶形照明模式。看一看眼睑上的反光，你就能看到光线有多么强烈。

▲ 左上图：迪安娜·乌尔斯在饭店大堂里拍摄了这张令人印象深刻的大学生毕业像。她注意到从玻璃天花板上透射下来的一束阳光。她要求年轻的拍摄对象手扶着头靠在大钢琴上。迪安娜要她慢慢把头转向她，直到光线照亮她的眼睛。没有辅助光，所以光比很高，在4:1到5:1之间。

▲ 右上图：斯蒂芬·但泽拍摄这张肖像时，在离模特儿很近的地方放了个大柔光箱以产生最大的柔光效果。在拍摄对象有阴影的一侧使用了反光器，形成了悦目的光比3:1。斯蒂芬用Photoshop使画面的大部分呈现单色调，但是却让眼睛和嘴唇保留着色彩。

如果你的辅助光源是反光器，你就不能用上述方法测量光比。主光消失，辅助光也跟着会消失。不要再使用入射测光表，因为它只测量照到拍摄对象身上的光。最好用一个反射式测光表，如点测光表，它以很窄的视角（1～5度）测量，这样你就可以确定亮区与阴影区曝光值读数之间的不同了。降低光比可以将反光器靠近拍摄对象脸部阴影区，或者重新调整主光的角度。

彩色负片最好的光比是3：1，这是因为彩色印纸的色度范围所限制。黑白胶片的宽容度可以达到8：1，即使在这个极限上，它也可以完美显示亮区和阴影区的细节。

羽化光

即使是大型、宽容的散射光如柔光箱，设置照明时也必须注意感光度。如果你只是把光直接打在拍摄对象的身上，你可能会把拍摄对象照得"过亮"，拍出的亮区显得苍白，没有任何细节。

你应当小心地调整主光，然后从相机的位置观察效果。不要把光直接瞄准拍摄对象，那样光柱就会直射拍摄对象，而是要把光"羽化"，利用散射光的边缘照亮拍摄对象。

这样做的目的是增加明亮区的光泽度。亮区有光泽的时候，在整个散射亮区内会有许多微小的反光（纯白色）亮点。这就进一步增强了肖像给人的深度感和立体感。

时装照明

时装照明是传统肖像照明的一个变化。它在本质上是极其柔和的正面光，主光一般都在镜头与拍摄对象所在的轴上。时装照明不需要面部造型光，而是通过化妆造型。它是一种不加掩饰的光，通常将柔光箱放在相机上方，在相机下方放一个镀银反光器。为了取得最柔和的效果，照明灯和反光器都离拍摄对象很近。

如果你仔细观察时装肖像

▶ 这张令人难忘的"老人"像是安东尼·卡瓦拍摄的。用安东尼的话说："他住在我的工作间的对面，人们都亲切地叫他'吉吉'，意大利语的意思是'大叔'。"安东尼在他面部使用了羽化栅格光。栅格光经羽化后使安东尼能够使用聚焦光源的动态核心，这样他就可以有选择地照亮拍摄对象的面部，最小限度地照亮前额和头发。注意：这张肖像的光亮度使人想起肖像大师尤素福·卡什。不用辅助光是为了让强烈的光比凸现出这位老人饱经风霜的皮肤质感。

▼ 叶尔凡特·扎纳扎尼安发现天色正在暗下来，但他还没有拍出他所设想的新娘肖像。他想起了停车库，找到一个空车位，就让新娘抬头看着灯光，同时一只手放在臀部。结果，他一次就拍好了这张获奖作品，它的独特性迄今仍让人津津乐道。

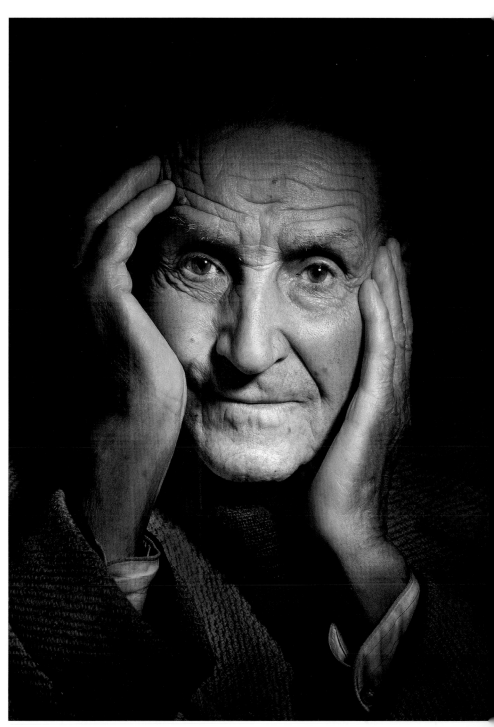

◄ 柔光——大量的柔光与动态的摆姿一起使用，使黛博拉·林恩·费罗拍摄的这张肖像获奖。灯光放在拍摄对象上方很近的地方，几乎在人物与镜头的轴线上，这样可以提供照亮她眼睛的漂亮柔光，而眼睛正是肖像的焦点。没有使用辅助光。

曝光表计算出室内的曝光指数，然后把闪光灯的输出指数与环境光相匹配。例如，若室内光曝光指数是1/15秒、光圈f/4，那么，闪光灯的曝光指数也应当是1/15秒、光圈f/4。室内光会自动记录下来，而曝光指数相同的闪光会与室内光匹配，但它只照亮拍摄对象。

若使用视频灯，则必须调整距离和光输出量，使之与环境光的曝光指数相匹配。做法与闪光灯一样。

窗户光　你能够使用的一种最好的照明，是窗户光。它是一种柔和的环绕光，能最大限度地掩饰瑕疵，但也是方向性很强的光，可以形成很漂亮的造型光，其对比度从很低到中度。窗户越大或者越多，照在拍摄对象身上的环绕光也就越多，使之沐浴在柔和精致的光线里。窗户光还能使人的眼睛显得分外明亮。窗户光通常相当明亮，并且几乎每一分钟都在变化着。这就使得你能依据拍摄对象离窗户光的远近创作出变化无穷的情绪光。

由于白天的光线一旦进入窗户就会迅速减弱（光线在离窗户几英尺远的地方比靠近窗户的地方要微弱得多），你必须注意曝光指数的确定。你会需要使用反光器把窗户光照到面部的阴影区；毫无疑问，你还需要一位助手帮你放置反光器以便你在相机的位

中眼睛的反光时，你会看见两片反光，一片大的在瞳孔上方，另一个亮度小的位于瞳孔下方。有时你会看见由环形闪光灯形成的环形反光——这是一种装在镜头上的微距摄影无影闪光灯。

在为女孩们拍摄高级照片时的摄影师最喜欢使用时装照明，这时她们要彻底改换装束，需要专业化妆师和发型师的参与。

至于男性的时装肖像摄影，倾向就非常不同了——你要让他看上去大胆、富有戏剧性和具有阳刚之气。给男性摄影时很少使用正面光。似乎比

较流行的一种做法是使用带有生硬阴影的侧面光，几乎不用辅助光。

场地照明：室内

平衡辅助光和环境光　你必须知道怎样用你能提供的辅助光去平衡场地已有的光线。例如，你可能会碰到一个室内场地，你想保留室内光的色调和颜色，但是原有照明在质量或亮度上都不足以拍摄一幅悦目的肖像。简单的解决办法就是增强与原有的灯光相匹配的光线的亮度，这常常是利用闪光灯或者视频灯来实现的。

使用闪光灯，必须用手持

置观察效果。最好的窗户光是上午中间时段或者下午中间时段的柔和光线。直射的日光最不易利用，因为它太强烈，而且常常带有窗框的影子。

假如你找到一个拍摄肖像的好场地，可是日光直射进窗户，你可以用一个较大的半透明板或柔光纱放在框里使其散射。

这样散射了的日光，具有日光的温暖感，却没有刺眼的阴影。由于光是散射的，你可能就不需要辅助光源了，除非是为几个人拍照。在那种情况下，就要用反光器把光打到离窗户最远的那个人的脸上；并且，因为被散射的日光常常呈金黄色，在这种情况下，最好使用镀金反光器。

场地照明：户外

开放式阴影 是指非阳光直射的户外散射光条件。它是来自头顶上方的光，会产生"浣熊眼"——在眼眶里、鼻子下方和下嘴唇底下出现深深的阴影。中午时分的开放式阴影效果最差，因为这时太阳在头顶正上方。常常很难觉察到这种光线有多差，因为眼睛已适应这种光，还会把它看做是柔光。

适于拍摄肖像的最好阴影在林中空地，或者接近空地的地方。树木高悬于拍摄对象的头顶，遮蔽了从上方射下来的日光。在这种空地的边缘，经过滤的光从四周照射到拍摄对象脸上，比在空地上的效果还好。如果在人的头顶上方没有自然的遮蔽物，可以考虑使用悬挂式挡

▼ 左下图：蒙特·苏克用时装照明模式拍摄了这张可爱的肖像。你甚至可以在眼睛的反光里看到灯——相机下方一个，相机上方一个，形成了没有阴影的正面照明。在使用时装模式照明时，重要的是化妆要专业，因为不是照明而是化妆显示出面部的轮廓。

▼ 右下图：叶尔凡特·扎纳扎尼安让他的助手举着视频灯，拍下了这张手拿雪茄正在沉思的新娘肖像。注意：场内的所有曝光都很合适。还要注意，新娘显出的漂亮的S形身段画面的构图。

► 更柔和的窗户光是拍摄睡梦中婴儿的最佳光线。伊丽莎白·霍曼利用来自大窗户的柔和阳光拍摄了这张漂亮的肖像作品。并且，她又用Photoshop进一步柔化了画面和光线。

光板。

挡光板　挡光板（有时被称为黑旗）是用来遮蔽光线的不透明黑色板。在工作室里，常常用它们挡掉射往拍摄对象身上的部分光线。在拍摄场地，当拍摄对象上方没有遮蔽物的时候，一般用它挡住从上面下来的光线，这样就削弱了头顶上方的光，最大限度地减少了眼睛下面的黑影。而且还降低了主光源的角度，所以说它更像是侧面光。

柔光纱　柔光纱的作用是使光线散射。在电影界，巨大的纱幕像风帆一样悬挂在可调节的平台或框架上，放在太阳（或者排灯）与演员之间，散射整个拍摄现场的光。柔光纱的作用与柔光箱里散射器的作用相同：改变穿过它的光线的方向（柔化）。

　　蒙特·苏克完善了大型柔光纱的使用系统——3英尺×6英尺（0.91米×1.82米）以及更大的柔光纱。他把日光当作背景光，让几个助手把这种半透明的遮光板举在拍摄对象的上方，这样背景光马上就被散射了。他在拍摄对象面前放一个离拍摄对象很近的反光器，把被散射的背景光再反射到一个或几个拍摄对象身上。其效果很像是一个超大号柔光箱放在拍摄对象附近，以获得高度散射、近乎无影的照明效果。

辅助光　如果必须要在一块没有障碍物的开放式阴影里拍摄（这不一定都是坏事——场地和背景可能非常理想），你就需要在正面用闪光灯或者反光器来补充天空的散射光。如果用反光器，就选择大号镀银反光器，并靠近拍摄对象放置，略低于头的高度。然后，前后摆动反光器，观察在光线照上去时，它的阴影有多大。

　　就辅助照明来说，比反光器更可靠的是电子闪光灯。如果使用闪光灯，为了不使闪光灯强过环境光，其输出光强度应该至少比环境光的曝光指数小1挡。为此，许多肖像摄影师使用裸泡闪光灯，这是一种带有直立闪光管的便携式闪光灯，闪光角度可以达到360度。即使用角度最广的广角镜头，用这种闪光灯也不会出现闪光失误，因为闪光灯上没有限制光束角度的反光器。裸泡闪光灯发出的闪光很刺眼，除了户外摄影外，这种光对于其他所有摄影来说都太强。关键是不要让它超过自然光。这是均衡辅助照明的最好光源。

　　另一个最常使用的闪光灯辅助系统是相机自带的TTL（镜后测光）闪光灯。许多相机内置的TTL闪光灯系统具有辅助光模式，该模式自动平衡闪光输出指数和环境光曝光指数。这些系统是可调节的，允许你调节为全功率或部分功率输出，以达到所需要的环境光与辅光照明比率。这是些了不起的系统，更重要的是，它们越来越可靠，越来越可以预知其效果。其中有些系统还允许你把闪光灯取下来，利用 TTL 控制线控制闪光灯。

为了确定辅助闪光灯的曝光指数，工作要从测量场地的曝光指数开始。最好是用手持式入射测光表，让表的球面在拍摄对象的位置对准相机，测光表设置为环境模式。例如，测得的自然光曝光指数是 1/15 秒、f / 8。这时，把测光表设置为只用闪光灯模式，只测量闪光灯的曝光指数。你的目的是闪光灯的指数要比环境曝光指数低 1 挡。调整闪光灯的输出或工作距离，直到闪光灯的读数达到 f / 5.6 为止。这时就可以把相机和镜头的曝光指数定在 1/15 秒的曝光速度和 f / 8 光圈。

如果光是从头顶照射下来，或者天空过于明亮，而你又想为背景拍出理想的色饱和度，这时可以使闪光强度高过环境光。还是以前面的情况为例，自然光的曝光指数是快门速度 1/15 秒，光圈 f / 8，现在调整闪光灯的输出或者闪光距离，使闪光灯的曝光指数达到 f / 11，比自然光高 1 挡。把相机调到光圈为 f / 11，快门 1/15 秒，这时闪光灯是主光，柔和的

自然光是辅助光。使用这个方法时唯一的问题是，闪光灯会形成一套自己的阴影。不过这是可以接受的，因为天光不会形成任何真正的阴影。

还有一件事很重要，必须记住：你所平衡的是一个场景里的两种光。环境光的曝光指数同时对背景和拍摄对象身上的曝光起作用；闪光灯曝光只影响拍摄对象。当你听到摄影师们"拖住快门"时，那是指摄影师们为了拍好背景，使用速度低于闪光同步的快门。理解这一观念是用好闪光—辅助光的真谛。

用镜头内置的叶片式快门时，任何快门速度都可以实现闪光同步，因为没有遮挡胶片的焦平面遮光板。

但是，如果使用 35 毫米单镜头反光相机的那种焦平面快门，相机上就有闪光同步快门速度设置。当快门速度高于同步速度时不能使用闪光灯，否则照片上只有部分被闪光灯照亮。然而，当快门速度低于 X 同步速度时，你可以安全地使用闪光灯。在这种情况下，闪光灯在快门打开的同时闪光，较慢的快门速度将会把环境光也加入到曝光之中。

▶ 为了拍好新娘的这张逆光照，比尔·邓肯使用了玛米亚 RB-67 相机和一个 250 毫米镜头，这样可以把背景照得模糊一点。他使用的是 Kodak Portra 400VC 胶片，闪光指数大约比环境光曝光低两个读数。他希望所有的阴影都有辅助光。这张肖像是在日落之前拍摄的。

第九章
修饰性摆姿技巧

本章讨论的是将拍摄对象理想化的具体方法。人们看自己的眼光与别人看自己的眼光不同，意识到这一点非常重要。他们下意识地希望自己的鼻子高点，头发比现在多点，简言之，就是假装自己有一副比实际更好看的面容。一个好摄影师很了解这一点，并在拍摄对象到来之时就开始行动。其程序是这样的：摄影师分析拍摄对象的面部和体型，在脑子里想好如何照明、摆姿和构图，才能拍得既好看又不失真。

柔焦和散射

皮肤问题是肖像摄影师最常遇到的实际问题。年轻人一般皮肤都不好，常带有瑕疵或者痘痕；上了年纪的人皮肤有皱纹和老年斑。对所有年龄段的人来说，年龄、饮食、疾病的影响都会在脸上有所反映。

用柔焦或散射可以最大限度地消除面部瑕疵，使上了年纪的人立即显得年轻起来。柔和的图像常常比面部细节完全清晰的图像好看。柔焦图像还可以制造一种浪漫氛围，也更像一幅画。

有四种方法把画面柔化，收到柔焦效果。第一，使用柔焦镜头，它的设计就是为了拍出带有模糊光晕的清晰图像。之所以产生这种效果，是因为镜片的球面像差未经校正。球面像差是镜头的一种主要像差。柔焦镜头拍摄的图像不模糊，而是带有模糊光晕、焦点清晰的图像。使用柔焦镜头时，如果缩小光圈，柔焦效果就会降低。因此，为了拍摄最柔和的画面，要使光圈接近或达到最大。

第二，使用柔光镜。通过

▲　柔光和柔焦结合能拍出理想化的肖像画面，不会有像皱纹一类的面部瑕疵。蒙特·苏克拍摄这张肖像使用的是佳能 EOS 10D 相机和 EOS 135 毫米 f/2.8 柔焦镜头。使用了两种柔光——产生漂亮的环绕照明模式的主光，以及勾勒出面部阴影区轮廓以及颈部和肩膀上美丽细节的辅光。

柔光镜的光线被散射，把图像的亮区与阴影区混合，从而达到柔化的效果。软焦镜头和柔光镜的柔化程度都是分级的，不同级别的镜头或镜片往往成套出售。

第三个办法是在洗印时柔化底片。这样做的效果与拍摄时柔化相反，是把阴影混合进亮区。可惜的是，这样做常常会使照片不清晰，亮区毫无生气。效果完全依靠技巧、柔化时间和使用的材质。

最后一个方法是利用Photoshop来完成。用Photoshop柔化的技巧很多，允许你有选择地对照片进行柔化，具有很大的灵活性和可控性。

修版

获得漂亮肖像的乐趣之一在于，在最后完成的照片中看不出进行过修版。人们认为优秀的肖像都应该修版，顾客看见没有修版的样片时，当然会看出它们哪些地方"需要加工"。

现在的修版跟仅仅几年前相比已经大不一样了。在谈到当今的数字化修版跟传统修版的区别时，摄影大师弗兰克·弗罗斯特说："差别有如昼夜之别。我们用数字修版整卷照片所用的时间仅够我们以前修描两张底片。"现在用数字修版，加工成照片很方便，而且所见即所得。

在用Photoshop给照片修版时，你可以把摄影画面的任何部分放大到1600%，所以画面中再小的细节都可以重做。可以选择使用各种各样的刷子、铅笔和橡皮，每一部分的透明度和不透明度都可以进行细微调整。Photoshop还允许你选择修版的区域，保证任何加工都仅限于所选区域。

Photoshop还有各种令人惊异的工具，如修复刷，它能让你在毗邻的区域克隆一个质地和照明角度都完全一样的画面。比如，眼睛下面有一条皱纹，你可以在这条线下面选择一块光滑的区域，然后用万能刷在有皱纹的皮肤上刷几下，皱纹就消失了。至于小的瑕疵更是轻而易举的就解决了——这是传统修版无法相比的。

无论是用Photoshop还是用修描笔和染料修版，功能都是把画面中不均衡的密度混合起来。瑕疵、老年斑或者皱纹，比周围的区域要暗或者要亮。经过高度放大，修版者把这些区域与周围的色调混到一

▼ 布赖恩·金也是一个善用Photoshop修版的怪才。虽然大学毕业生的肤色一般都不是太好，但是金凭着柔和的照明以及运用Photoshop的娴熟技术，修饰出的肤色十分完美。跟老式修版不同，这张肖像并没有让面部失去细节。

起，它们就看不到了。另一个方法是，对这些区域进行柔化。Photoshop 提供一种模糊工具，可以用来消除像皱纹这样的线条。这个工具的原理像是用指尖在炭笔画上抹，在要修描的地方抹几下就可以把瑕疵消除。

不仅面部不正常的地方能用数字化方法消除，把脑袋从一个摆姿换到另一个摆姿上这样的大改动，现今也成了寻常的事情——不过只是选择、复制、粘贴而已。数字可以做的神奇效果可谓无穷无尽。

掩饰具体的问题

这一部分讨论你会遇到一般人会有的具体瑕疵问题。记住，这些建议都可以变通。

体重过重的拍摄对象　　让体重过于肥胖的拍摄对象穿深色的服装，这样的服装会使他或她看上去苗条了 10～15 磅（4.54～6.80 千克）的重量。让拍摄对象摆一个与相机成 4 5 度角的摆姿，也会收到瘦身之功。绝不能拍摄正面视角或者八分之七视角，那样人会显得更肥大。

用低调光比，再加一个狭光照明，这样拍摄对象的大部分身体就隐藏在阴影里了。较高的光比产生的低调效果会使拍摄对象显得更苗条。

◄ 黛博拉·林恩·费罗经常创造性地使用 Photoshop 技术进行最小幅度的修版。用 Photoshop 的水平控制，你能够转换阴影或亮区的色调。向亮区转换色调时，亮区会变成近乎白纸一样的白色——这是一个非常流行的时装技巧。黛博拉也喜欢使用 Photoshop 做出类似炭笔画的效果。

▲ 左上图：拉里·彼得斯用柔焦与虚光并结合摆姿拍摄的这幅肖像，使人难以看出这个女孩的体型和体重。蓬松的华贵服饰遮住了她的腰，猜测她大约有105磅（47.63千克）重，而且体型非常完美。就像拉里拍摄的许多毕业照一样，这样猜也许是对的，但也许不一定是这样。

▲ 右上图：蒙特·苏克用柔光和柔焦镜头柔化了画面，并用新娘抬起的手臂把画面分成两半，手的姿势很优雅，在图中也起了一定的作用。逆光很重，这样新娘的两个肩膀就和高调的背景融合在一起。还要注意，蒙特用的狭光有一个很合适的光比，尽管它是一个高调照片。

使用深色调的背景，而且尽可能地让拍摄对象服装的色调与背景的色调融合。为达此目的，你就必须最大限度地减少或干脆消除背景光，并且撤掉你用来照亮拍摄对象阴影面轮廓的反光器。

胖者最好取站姿，坐着会使多余的肉在身体中部堆积起来。在画面底部使用深色的虚光，是消除多余重量的另一个技巧。

过于消瘦的拍摄对象 拍摄过瘦的人比拍摄过胖的人容易得多。让拍摄对象穿浅色服装，用一个高光比和彩色的背景。在瘦子摆姿的时候，让他或者她把面部更多地对着相机，使脸显得更宽一些。对于较瘦的人来说，八分之七视图是理想的摆姿。

如果拍摄对象非常瘦，就不能让他或她穿无袖体恤衫或短裤。对于男人，就让他穿浅色的运动外套；对于女人，宽松的服装会遮住她那细瘦的四肢。

拍摄瘦脸，使用平光照明，光比在2:1到3:1比较合适。使用平光时，让被光照亮的那部分面部朝向相机，这样脸就会显得宽一些。总的规则是，人的脸越宽，它更多的部分应该放在阴影里；人的脸越窄，被光照到的部分应该越多——这也是平光与狭光的区别。

高龄拍摄对象 拍摄对象越老，他或她脸上的皱纹越多。最好使用散射光，但是面部没有皱纹的部分不要柔化。特别是男人，不要过度柔化，因为皱纹被视为"个性纹"。

应当使用正面照明，就不会显出脸上的深皱纹和其他褶皱了。使用比较柔和的、分散的照明光也有助于使皱纹不那么显眼。

也可以把高龄拍摄对象的面部拍得小一些。即使是半身像，头的尺寸也应该小10%～15%，这样面部的瑕疵就不会被注意了。

秃头 如果拍摄对象是秃头，降低拍摄高度，使他的头顶露出得少一些。在主光和拍摄对象之间放上挡光板，不让光线照到他的秃头。

另一个技巧是，把主光羽化，光线在头顶和后脑勺会迅速变暗。秃头的色调越暗，越不会让人注意。不要使用发型光，背景光也尽可能少用。如有可能，尽量将拍摄对象的头顶与背景的色调融合。

双下巴 为了不让人看见下巴下面，抬高拍摄角度，下巴就不那么显眼了。下巴向上抬，提

◀ 110页图：杰夫·史密斯知道怎样给他那些年轻的拍摄对象摆姿。在这幅肖像中，有两个很有效的摆姿技巧：她的臀部与腰掩映在草木丛中，虽然这个苗条的女学生并不需要这么做。还有，她蜷坐在草丛里，在镜头里也就看不见赘肉了。

▶ 右图：迪安娜·乌尔斯知道应该在拍摄对象们处于最佳状态时拍摄。这张两个女学生的肖像拍摄于当地的一家咖啡馆里。前面姑娘的姿势衬出后面那个姑娘的身材，在前景中的姑娘腿上放着本书，膝盖高高抬起，这样她的眼睛和面部就处在视觉焦点上了。

高主光位置，这样下巴以下的部分基本上都在阴影里了。如有可能，在光与拍摄对象之间放挡光板，让光线始终不要照到下巴以下的部位。

宽额头 要想让宽额头或高额头变小，就要降低相机的高度，并让拍摄对象的下巴稍向上抬。如果你发现降低相机的高度和抬高下巴后，仅仅是缩小了额头的边缘，那就把相机向前推得近些，再看看效果如何。

深眼窝或者凸眼睛 为了修饰深眼窝，把主光位置放低，让光线照进眼窝里。保持较低的光比，保证尽可能多的辅光照亮眼睛。抬高下巴也会有利于减小深眼窝。至于修饰凸眼睛，抬高主光，让拍摄对象眼睛向下方看，就会显露出较多的眼睑。

大耳朵 为了把大耳朵的尺寸变小，最好的办法是让拍摄对象摆一个四分之三视图，把远离相机的那个耳朵藏起来。用挡光板遮住照到耳朵的光，或者把主光羽化，反正是要保证近处的那个耳朵也在阴影里。如果拍摄对象的耳朵特别大，就拍他的侧面摆姿。侧面摆姿是彻底解决这个问题的办法。

深色调皮肤 如果你在肖像里得到全部色调，那就必须在曝光时对深色皮肤进行补偿。对于最黑的皮肤色调，曝光指数要比相机指示的指数高1挡。至于一般的深色调皮肤，曝光指数高半挡就可以了。

歪嘴 如果拍摄对象的嘴巴是歪的（如嘴角一边高一边低），或者是一笑嘴就变形，让拍摄对象的头转一下，让较高的那个嘴角离相机近，或者倾斜头部，让嘴角连线变成水平线。

长鼻子和短鼻子 修饰拍摄对象的长鼻子，降低拍摄的高度，下巴稍向上抬。如果拍摄位置低于鼻子的高度，就要降低主光的高度，这样鼻子正面就不会有很深的阴影。你还应该采取正面摆姿，不管是正面，还是八分之七视角，都可以把拍摄对象的长鼻子伪装起来。

至于短鼻子的修饰，抬高拍摄高度，加长拍摄对象的短鼻子的线条，让拍摄对象微微朝下看，尽量给鼻梁上加上一块有光泽的亮区。光泽会使人产生短鼻子变长了的感觉。

长脖子和短脖子 长脖子比较好看，但也会显得不自然，尤其是在头肩照中。抬高相机高度，低头，让脖子部分处于阴影之中，拉起衬衫或外套的领子，就会让脖子看起来短些。如果你觉得拍摄对象的脖子优雅高贵，就向后退一点，拍摄一张四分之三身长或全身照，在构图中强调颈部的优美线条。

对于脖子较短的人，把主光照到拍摄对象的脖子上。具体做法是，把主光的高度降低，或把主光向下羽化。加强照在颈部的辅助光的亮度。这样脖子阴暗面能照到更多的光。降低相机高度或穿一件V形领子的衣服也会使脖子显长。

宽嘴和窄嘴 为了使过宽的嘴巴变窄，要拍摄四分之三视图的肖像，不要让拍摄对象微笑。对于窄嘴巴，尽量拍摄正面摆姿，让他或她张嘴大笑。

长下巴和短下巴 选择较高的拍摄角度，并让拍摄对象的脸转向一侧，以此掩饰长下巴。而短下巴则要用较低的拍摄角度，拍摄正面摆姿。

油性皮肤 油性皮肤在画面里显得很有光泽。如果你用没有被散射的强光拍摄这种皮肤，效果让人看了会很不安。手边要常备一块粉扑以及一罐化妆粉，随时准备在油性较大的地方搽点粉。要注意的地方是脸的正面——额头的中间、下巴和颧骨上。使用散射的主光，如反光伞或柔光箱，也可以最大

◄ 在拍摄头肩肖像时，要记住观察位置。这张照片中，布赖恩·金使用了一个有利的高视点——高于眼睛的高度，这样就可以看到改变透视角度的效果了。额头宽了，下巴窄了。布赖恩抬高了拍摄角度，年轻人抬眼朝上看相机，这样就露出了这位少年令人印象深刻的眼睛。

限度地解决油性皮肤问题。

干性皮肤 干性皮肤在肖像画面中显得枯燥，没有生气。使用未被散射的主光会使干燥性皮肤显出立体感。如果仍然显得干燥，可以用一点护肤液擦在脸上，会产生许多微小的反光亮点。但不要擦得太多，否则会走向反面——显得像油性皮肤。

疤痕和褪色 疤痕和褪色等面部特征，最好的办法就是使用狭光照明和强光比，把它们隐藏在阴影里。

个别问题

在你掩饰面部的不正常情况时，会遇到一些想不到的问题。首先，万一拍摄对象对你认为是瑕疵的问题引以为荣，你该怎么办？其次，你遇到的问题不止一个时，你该怎么办？

第一个问题最好解决，通过与拍摄对象谈话就行了。你可以对他或她的相貌作如下这样的评论："您有一对大而且明亮的眼睛，鼻子的线条也很漂亮。"如果他或她对自己的瑕疵很清楚，通常这样说："噢，我的鼻子太长了，我希望它能短一点。"这时，你就知道他们并不喜欢自己的鼻子，却对自己的眼睛很满意——于是你就知道该怎样行动了。

第二个问题困难一些。没有经验，你就不能快速决定脸上的瑕疵哪个更严重，最需要纠正。一般来说，手持相机移到能够起到修饰作用的位置，才能看出那些瑕疵会有什么变化。通过对各种照明、摆姿和拍摄角度的试验，应该能够找到最佳的折中办法。这需要经验，所以你要学习本章提出的各种修饰技巧，并且要经常使用它

▲ 这张肖像显示布赖恩·金如何结合高拍摄角度和低角度的目光。拍摄对象散发着奇异的美和神秘感。高角度的摄影缩小了下巴，加宽了额头。

们，这样在遇到实际难题时，你的判断才会正确。

除了知道照明、摆姿和构图技巧外，成功的肖像摄影师还知道怎样处理面部和身体上的瑕疵。所有的伟大的肖像摄影师都知道，他们的成功就在于他们能够把人身上很普通的东西拍摄得很出色。

第十章

肖像画廊

这些肖像选自许多肖像摄影大师的作品，代表了当代肖像创作和摆姿的最高水平。这些作品是世界各地的摄影师们拍摄的，在很多方面值得一提，包括打破规则方面。专业人士懂得何时应该打破规则，何时又必须恪守规则。

▲　乔·比伊辛克是揭示华丽摆姿的大师，这张照片正是这样一个例子。这位漂亮的女士从轿车的窗子向外张望时，露出闪亮的大眼睛。拍摄时使用的是 Nikon D1X 相机，80～200 毫米 f/2.8 镜头，设定焦距为 80 毫米。

► 右图：弗齐·丁克尔拍摄的这张毕业像的背景是那条弯弯曲曲的乡间道路，一条漂亮的构图曲线。背景和前景已用Photoshop柔化过，所以我们就会把注意力集中在画面中心正在"旅行"的青年身上了。他表情严肃，身体强壮，好像已经决心要走完他的行程。

▼ 左下图：弗兰·瑞斯那的这张作品是根据她与自己的录像师的谈话二度创作的。录像师告诉她说自己3岁的小女儿怎样帮助他剪辑录像，并且幻想自己将来当新娘子。弗兰在一位新娘进来时发现，那人正好可以做这幅肖像的模特。于是她用Photoshop将两个人的形象结合在一起，并且用Painter做出了水彩画的效果。注意：画中的鞋子、小熊和头巾都是小姑娘的。这是弗兰最喜欢的叙事肖像作品之一。

▼ 右下图：这个经典摆姿是比尔·邓肯拍摄的。用他自己的话说就是："我要求新郎用一个弗莱德·阿斯泰尔（20世纪50年代好莱坞著名电影舞蹈家）的摆姿吻他的新娘。没有使用辅助光，只是借助了平淡的落日余晖，照在他们脸上的漂亮光比完全是自然光，既没有用闪光灯，也没有用反光器。我不去拍摄看上去僵硬的画面，也不让拍摄对象看上去像棵树。这张照片的曝光指数是1/60秒曝光速度和f/5.6光圈。你可以在拍完后再加一点柔光，使画面有梦幻感、超现实感。有时你必须到一些没有人去过的地方拍摄——就像有人曾经说过的那样：要敢于与众不同。"

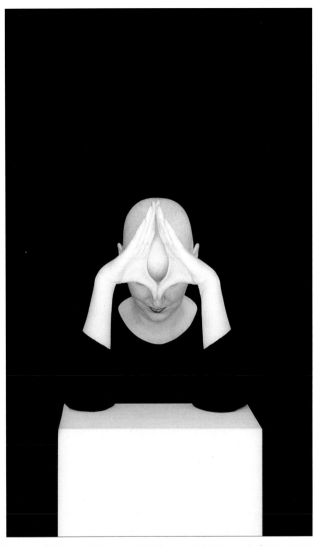

◄　116页图：这张照片由迪安娜·乌尔斯拍摄，题目叫做《钢琴》。迪安娜说："这是一对表兄弟，一个1岁，一个2岁。这张照片是在一次户外拍摄之后进行的。我喜欢这间屋子，喜欢它的建筑形式，一间空荡荡的屋子——装修很简单。我把天花板上的光打开，显出天花板的线条。我预先就知道要拍成黑白照片，并想到要从头顶上方采光。我想象孩子们坐在钢琴旁边会有多么可爱，我还想让它给人们一种异想天开的感觉，就让孩子们自然摆姿。我用的是佳能数码相机和28～70毫米镜头。"

▲　左上图：乔治·卡拉伊安尼斯拍摄了这张难以置信的动人肖像——完全没有表现面部细节。肖像的题目是《伊玛目》，即被穆斯林们当做精神领袖的男子，被视为穆罕默德的传人，是神派来领导人类的人。他肩头的弧线象征着这位精神领袖肩负的重任。他身后的绿色背景则象征着希望。这张照片是用佳能 EOS D60 相机，和70～210 毫米镜头拍摄的，曝光速度为1/8秒，光圈是 f/4.3。

▲　右上图：乔治·卡拉伊安尼斯的这张肖像拍摄的是一个癌症患者。这张照片被广泛地引用，全澳大利亚各种组织都用这张照片鼓励癌症患者振作起来。神秘的摆姿和整体洁净、平滑的色调相结合，使之成为一张醒目的图片。

►　右下图：假如你想试试自己的摆姿技巧，那就拿动物来试试吧。塔米·洛亚设法让她的牛头犬表现得像跟前会发声的玩具。当狗的耳朵支向前时最为生动，使他们有一种好奇的表情。

▲ 上图：这样的照片与其说是有意摆出来的，不如说是善于观察和精心安排的结果。凯文·库伯塔看到了牛仔的帽檐和长角牛的牛角之间的关系，并把自己和牛仔所处的位置安排得极好，拍出这张很幽默的肖像。他使用Nikon D1X相机和80～200毫米 f/2.8 Nikkor 镜头，用200毫米焦距拍摄了这张照片。

◄ 左图：迈克尔·泰勒总是把自己和拍摄对象联系在一起，在他拍摄的每一幅肖像中都可以看到这一点。画面中的艺术家给正要拍摄的艺术家比画怎样构图呢——这是一个颇有讽刺意味的手法。这个不同寻常的摆姿，揭示了一个艺术家大概永远不会给另一个也是艺术家或摄影师的人打出的手势。迈克尔·泰勒的肖像作品还向人们说明他永远是一个规则的破坏者——他喜欢让拍摄对象的肩膀正对着镜头，增强现场感。

► 119页图：这张生动的肖像题目是《这么说，你就是新来的？》，它准确地刻画了一个历史人物，作者是大卫·威廉姆斯。摄影师说："这个人物代表了狄更斯笔下令人畏惧、心肠恶毒的职员形象。我尽力想象自己是一个身材瘦小、营养不良、饱受虐待的孩子来找工作。"眯起的眼睛、前倾的身体、以对抗的姿态扬起的头使这一姿势更具威胁性。

► 右上图：弗兰克·A·弗罗斯特用道具和孩子最喜欢的玩具小熊围住这张天真无邪的小脸，哄这个害羞的小姑娘高兴。不知你注意到没有，她正"躲"在玩具的背后，毫无疑问这是因为害羞。弗兰克用优美的散射光、精致的发型光和微妙的背景光对肖像进行精雕细琢。对于一个小孩子来说，摄影棚可能是一个让她恐惧的地方。这就是在拍摄前要和孩子的父母以及孩子好好接触的原因，这样做可以使他们熟悉一个陌生的地方。

► 右下图：弗兰·瑞斯那拍摄的这张出色的照片题为《天真年代》。这个5岁女孩的母亲希望给孩子拍一张肖像，挂在她家的壁炉上方。弗兰让这位母亲闭上眼睛想想阿克斯自己玩耍的情景。她看见女儿在玩布娃娃，在他们谈话的时候，弗兰发现那位母亲仍然留着她自己儿时的摇篮娃娃，那个布娃娃和她的婚礼头纱给这个画面增添了情感价值。用Painter造出的油画效果，使这幅画面显得更丰富、更传统，更适于在正式的卧室里张挂。拍这张照片用的是玛米亚RZ 67相机，180毫米镜头，Kodak Portra 400VC胶片，利用摄影室内的窗户光。

◄ 120页图：好摆姿就像好构图，摆姿本身并不引人注目。在詹姆斯·C·威廉姆斯拍摄的这张毕业像中，放松的优雅摆姿和漂亮的照明都使照片令人难忘。她的两手很放松，虽然靠在墙上，身体的重量并没有使她的手臂压在身上。她的右臂和身体留有一道缝隙，使她看上去更苗条。她像模特儿一样苗条，肩膀不用扭转太多，可以摆一个正对相机的姿势。摄影师提供了关于这张照片的一些信息："为了使这个摆姿好看，重要的是她的头要向较高一侧的肩膀倾斜。还要注意，拍摄对象的臀部应该微微突出，这当然是要在她身上形成一条漂亮的S形曲线，这样非常悦目。"

▲ 左上图：这张无可挑剔的新娘肖像带有《蒙娜·丽莎》一样的笑容——这是从一个化妆盒的小镜子里抓拍的。叶尔凡特·扎纳扎尼安拍摄它时用的是 Canon D60 相机、70～210 毫米镜头和 800 ISO 设置。叶尔凡特这样描述这个镜头："我们从教堂里出来后在酒吧喝饮料（澳大利亚的习惯），新娘还在整理她的化妆，以便继续进行现场拍摄。我看见了那一瞬，就抓拍了它。我用的是助手拿着的视频灯，又用 Photoshop 做了修版。"

▲ 右上图：这张偏离中心的美丽肖像是马丁·谢姆布里拍摄的。优雅的照明效果以及强光比勾画出了这幅戏剧性图片。当她向画框外倾斜时，形成一个非典型摆姿，产生了一条明显的斜线。她身体后面的空间比前面的大一些，于是便产生了视觉非对称平衡。新娘身后的阴影被她身后墙壁上的亮区所平衡。谢姆布里在 Photoshop 中把滤镜和照明效果结合，不仅加强了画面对比度使之呈暗棕褐色调，还"模糊了"阴影区，收到绘画似的柔光效果。

► 右下图：布赖恩·金拍摄的这张精美的大学生毕业像，由于倾斜相机（产生一条强烈的斜线），然后又用 Photoshop 的径向模糊功能赋予画面的背景一种旋转效果，照片变得轮廓分明。结果，原先悦目的正规肖像就变成了一张更像毕业生照片的肖像。

► 123 页图：专门拍摄毕业像的摄影师拉里·彼德斯拍摄了这张可爱的肖像，他让这个姑娘的头稍稍向她较低的肩膀倾斜，给画面增加更多的动感线条。这个摆姿呈非对称平衡，不苟言笑，但并不让人觉得不舒服。大学毕业生似乎更偏爱摆出有棱有角的摆姿，那样能更好地突出他们的个性。纷乱的头发遮住她的左眼，使这一形象更有戏剧性和神秘感。

图书在版编目（CIP）数据

人像摄影摆姿指南／（美）赫特尔著；郝一匡译. ——
长沙：湖南美术出版社，2006
（摄影大师实用技法丛书）
ISBN 7-5356-2470-7

Ⅰ.学... Ⅱ.①赫...②郝... Ⅲ.摄影艺术－美术
理论 Ⅳ.J406

中国版本图书馆CIP数据核字（2006）第063700号

THE PORTRAIT PHOTOGRAPHER'S GUIDE TO POSING by
Bill Hurter
Copyright © 2004 by Bill Hurter
Published by arrangement with Amherst Media, Inc.
Simplified Chinese translation copyright © 2006 by
Hunan Fine Arts Publishing House
ALL RIGHTS RESERVED

人像摄影摆姿指南

作　　者：（美）比尔·赫特尔
翻　　译：郝一匡
译　　审：沙景河
责任编辑：陈　刚
责任校对：李奇志
出版发行：湖南美术出版社
　　　　　（长沙市东二环一段622号）
经　　销：湖南省新华书店
印　　刷：恒美印务（番禺南沙）有限公司
地　　址：广州市南沙经济技术开发区环市大道南路334号
开　　本：889×1194　1/16
印　　张：7.75
字　　数：8万
版　　次：2006年08月第1版
　　　　　2006年08月第1次印刷
书　　号：ISBN 7-5356-2470-7/J·2277
定　　价：45.00元